震不碎的愛
陳秋鴻◎著
勵志學堂

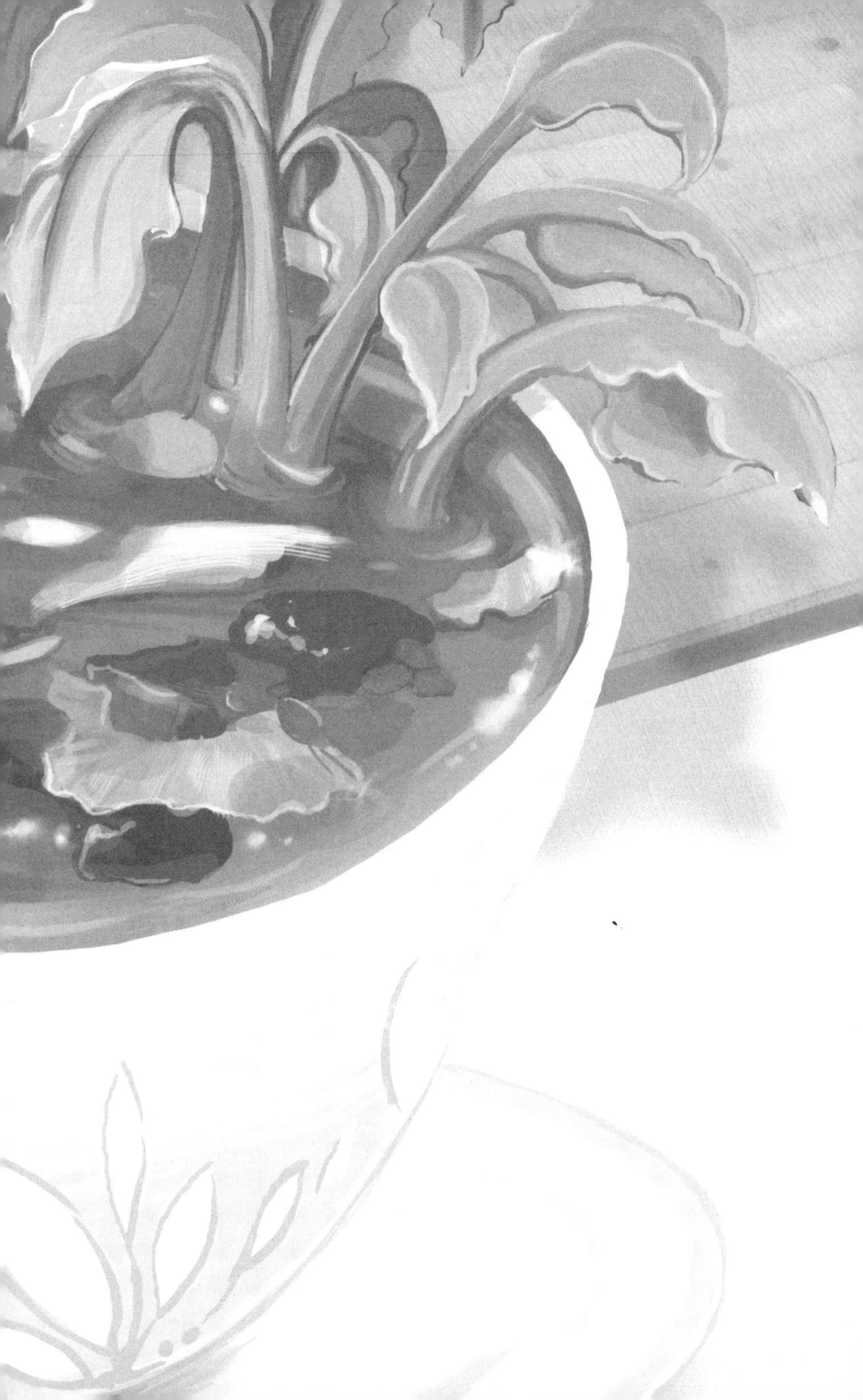

作者序言

我有一位很要好的同學家住在埔里，九二一地震那天，埔里的酒廠爆炸，天搖地動，過了好一陣子，同學說整個埔里浸泡在一種很奇怪的味道裡，那是酒味拌著屍臭味。

我的同學花了很長的時間問自己，為什麼他和其他居住在那裡的人要遭遇這一切，卻始終找不到答案。

不過，在這最黑暗的時候，似乎更能看到人性的亮光，許多的陌生人載著一大鍋的蚵仔麵線、一箱箱的麵包……許許多多的救援物資來到災區，大家素昧平生，他們卻願意做這麼多。

我這位同學本來想說，可能就是三分鐘熱度，過段時間，這些人就會銷聲匿跡吧！

沒想到災區重建的時候，又有另外一批的陌生人來，送水泥、運磚塊、鋪柏油……一磚一瓦的幫他們把住家又建造起來。

「原來天使可以一團、一團的來！」這是同學告訴我的心得。也希望大家能夠在《震不碎的愛》裡面，發現天地有可能不仁，以蒼民為芻狗……不過愛是永遠都在。

目次

01 天搖地動

「海盜船！我來了！」夏少冬這位國中一年級的男學生，正和爸爸媽媽以及小學五年級的妹妹夏少春在日本的主題樂園遊玩，他看到海盜船就大聲的嚷嚷，要爸爸媽媽讓他去坐。

「當然好！帶你來日本，就是讓你坐最想要坐的海盜船！」媽媽笑咪咪的對少冬說，還遞上一瓶少冬最愛喝的可樂。

「不要讓他喝可樂了！再喝，等等去坐海盜船，不是會吐出來？」爸爸說媽媽這樣的舉動不對。

「那我也要去坐海盜船。」少春吵著要跟哥哥上海盜船去玩。

「妳不要跟來啦！妳每次都說要跟，然後又會鬼吼鬼叫說很恐怖！」少冬揶揄著妹妹。

「那是我小時候才會這樣，現在我已經長大了。」少春說哥哥對她有偏見，她已經不是小孩子。

「好吧！哥哥帶妹妹坐海盜船。誰叫她是你妹妹，她這輩子都是你妹妹，逃不掉的！」爸爸說當哥哥就要有哥哥的樣子。

「真倒楣，為什麼不生一個弟弟？」少冬雖然抱怨連連，最後還是帶著妹妹坐上海盜船。

等到海盜船一啟動，少春就一直喊著：「放我下來！放我下來！好恐怖！我好害怕！」

「妳就是這樣，每次都害我玩得不盡興。」少冬看到妹妹又鬼吼鬼叫，他也懶得理她，繼續享受想了很久的海盜船。

「哥哥！危險！」少春不斷的喊著。

「女生真的是很囉唆。」少冬嘴裡咕噥著。

「哥哥！快起來！危險！」少春還是繼續喊著，少冬就聽到自己的耳朵邊，不斷的有少春喊著危險的聲音。

「哥哥！快起來！」少春發出尖叫，少冬的耳膜都快被震破了……少冬「咻」的一聲，從床上爬起來。

「啊！原來是做夢！」少冬這才明白，原來剛剛聽到的，都是發生在夢裡的情形，事實上他並沒有到日本去玩。

「哥哥！快起來！危險！」醒來後，少春還是在床頭搖著少冬，對他大喊著危險。

「不是海盜船！是地震！」少冬這才發現，房間裡天搖地動，是個很大的地震正在發生。

「哥哥，快起來！要背阿嬤到外面！」少春跟哥哥喊著，要他動作快一點，中風的阿嬤還在她自己的床上。

「對！老師說碰到地震，要趕快逃到空曠的地方。」少冬跟少春點點頭，兄妹兩個趕緊衝到阿嬤的房間。

少冬和少春的爸媽在開溫泉旅館，今天正好有一團很大的旅行團要來住宿，爸媽都在旅館，家裡只剩下兩兄妹和一個中風的阿嬤。

「阿嬤，不要怕！我來背妳！」少冬對阿嬤這麼說，他蹲在阿嬤的床邊，要妹妹到床上，幫忙扶阿嬤到他的背上。

「還……有……值錢……」中風的阿嬤有點口齒不清，但是腦筋很清楚，還想拿值錢的東西再出去。

「阿嬤，不要管錢了！我們先跑到外面，等地震過去之後，再回來家裡拿錢。」少冬對阿嬤說。

「不……行……」阿嬤堅持著。

「阿嬤，先逃命比較要緊啦！」少冬話還沒說完，一把背起阿嬤，跟少春兩個人往房門外逃。

可能是地震造成大停電，整個村子一片漆黑，還好天空上掛著幾乎是圓的大月亮，還有點光線。

「哥哥，房子好像要倒塌了。」少春對少冬說。

「沒關係，我們趕緊到村子口那片比較空曠的地方，那裡有個大廣場，房子就算倒塌，廣場應該還是安全的。」少冬邊說，還要少春盡量跑快一點，家附近都是房子，隨時有倒塌的可能。

少冬和少春的家在南投，爸媽的溫泉旅館則在距離家附近走路近一小時的地方。此時此刻是一九九九年的九月二十一日的凌晨，有個少冬和少春從來沒有經歷過的大地震正在發生。

「哥哥，我好害怕！」山上的夜晚，在照明設備全無的情況下，少春的恐懼與不安不斷的湧上來。

「我們先逃到村子口的廣場，等等哥哥再回來幫妳拿外套。」少冬繼續安慰著少春和背上的阿嬤，再加快腳步往村子口跑去。

「少冬，你這樣可以嗎？要不要村長幫忙？」村長跟少冬爸爸的年紀差不多，是個四十多歲的中年人，他看少冬背著阿嬤往村子口跑，趕緊上前問少冬要不要幫忙。

「村長，我行的，我已經國中了！發生這麼大的地震，你先忙你的，我們家都出來了。」少冬趕緊跟村長報告。

「好！往村子口的廣場去，那裡已經有很多村民在那裡，我要再回去村子裡看看，有沒有還沒逃出來的人？」村長說完，跟少冬往不同的方向前進。

「哥哥，又震了，又震了……」少春即使在跑步，還是可以感受到地震又來了，餘震不斷。

「快！我們再快一點。」少冬也有點緊張，心想一定要趕快把阿嬤和妹妹送到

安全的地方，自己再回村子裡幫村長的忙。

「來了！又來一家！」原本已經在村口的村民，看到少冬一家三口也逃出來，發出一陣歡呼聲和掌聲。

「是夏家出來了！」

「怎麼只有三個人！」

「他們爸媽應該在旅館那邊，不在家。」

聽到村民們討論著夏家的狀況，少冬把阿嬤好好的放在地上後，他本來立刻要跑回村裡幫忙，突然一陣踉蹌，整個人有點站不穩。

「哥哥，怎麼了？」少春看少冬不太對勁，緊張的問著自己的哥哥。

「沒關係，應該是跑得太喘，我喘口氣就好。」少冬上氣不接下氣的說道，他大口的吸進空氣來調勻呼吸。

「為什麼到處都黑黑的，只有那裡有亮光？」少春指指遠處發亮的地方問著其他村民。

「應該是埔里酒廠。」有位村民答道。

「為什麼埔里酒廠會發亮？」少春不明白的反問。

「聽說埔里酒廠爆炸！」村民回答。

「爆炸！」少春和少冬都驚訝的張大嘴巴。

這時候，大部分的村民們都還不知道，平常美麗如畫的南投，此時此刻已經變成「災區」。

02

到處都裂開

「少冬，先把這床被子讓阿嬤圍一圍，晚上外面這麼冷，怕老人家會受不了。」站在夏家旁邊的村民，把自家拿出來的棉被遞給少冬。

「吳媽媽，你們家不用嗎？」吳家住在村子口附近，他們家跑到空曠的地方，看情況還好，又跑回去拿了些細軟出來。

「沒關係，夏阿嬤比較需要，她老人家曾中風，更要注意保暖。」吳媽媽要少冬別在這種小事上掛心。

少冬收下吳媽媽的好意，就將被子披在阿嬤身上。「你……爸爸……」阿嬤非常掛心在溫泉旅社的夏爸爸、夏媽媽。

「阿嬤，等天亮，我就去打聽，現在亂成一團，妳先放寬心，好好休息比較要緊。」少冬安慰著阿嬤。

「埔里酒廠爆炸，學校會不會爆炸？」非常愛吃卻不愛上學的少春，童言無忌的說道。

「我們都快煩死了，這些小孩還高興成這樣。」吳媽媽不光只是在說少春，而是所有在廣場的大人都滿臉愁容，只有孩子們像在參加露營活動一樣，高興得不得了。

「又震起來了！」

「怎麼會又搖？」

「埔里酒廠那裡好像又在爆炸！」

地震過後，餘震不斷的來襲，在村口廣場的村民們，像是參加震撼演習，不斷的迎接一波又一波的地震。

「阿嬤，妳不要怕，我們都在妳身邊。」少冬看阿嬤嚇得一直發抖，他緊緊握住阿嬤的手，少春也用力的抱著阿嬤要她老人家不要怕。

夏阿嬤一直很膽小，可能跟她成長背景有關，她很小就來夏家當養女，對於生存總有種很深的恐懼，深怕自己被人拋棄，自從中風之後，變得更為膽心，一點點風吹草動都會讓阿嬤驚嚇不已。

「會……死……」阿嬤因為中風說不清楚話，可是還硬要說這樣地震下去，大家都會死。

「阿嬤不要怕，這些都是餘震，沒有最前面的地震嚴重。」少冬盡量安撫阿嬤，也跟她再三保證一定沒事。

「現在外面到底怎麼樣？情況嚴不嚴重？」有村民望著埔里酒廠的紅光，擔心整個南投大概都震癱了。

「不知道情況如何，剛剛我回家一趟，又停電、電話也斷線，完全不知道外頭的情形。」吳媽媽說道。

這時候村長走到村子口來，手上抱了好幾個袋子說：「我找到不少的帳篷和睡袋，年輕人幫忙搭帳篷，讓年紀大的老人家還有身體比較撐不住的人可以保暖、休息一下。」

就在村長這麼說時，村子最裡面發出一聲很大的巨響……

「那好像是最裡面的樓房。」吳媽媽大喊。

「那是我同學柯家豪他們家。」少冬目測那個位置後說。

「我要去幫忙救火。」村長順手將帳篷、睡袋丟在地上，拔腿又往村子裡面跑去。

「我也要去幫忙，少春，妳幫忙照顧阿嬤一下，我去柯家豪家看看有沒有可以幫忙的地方？」少冬跟少春交代後，也衝向村裡。

「小……心……」阿嬤緊張的唸著。

「我會的。」少冬轉過頭來跟阿嬤點點頭後，要少春等等一定要把阿嬤安置在帳篷裡面比較暖和。

少冬跑得可快了！因為柯家豪是少冬最好的朋友，現在還是同班同學，家豪睡覺前還來少冬家抄作業，「天啊！柯家豪，你可不要發生什麼事情，要不然我一定罵死你。」少冬唸唸有詞的說道。

除了少冬往柯家跑，村子裡的壯丁們也幾乎往柯家的方向跑去，大家都想去幫忙救火。

「人都出來了嗎？」村長在柯家門口急忙盤問，一片兵荒馬亂的場面，數人頭也不是那麼容易。

「都出來了……不是，我們家家豪沒有出來。」說話的是柯爸爸，他再次確認後，確定柯家豪還在樓房裡面。

「我要進去救我兒子。」柯媽媽真的要往著火的樓房裡面衝。

「妳哪有辦法？我去，妳待在這裡。」柯爸爸往身上潑了一桶水，義無反顧的進去樓房。

「這樣好嗎？」少冬心想這種火勢，柯爸爸竟然什麼防備都沒有就進火場，救得出人嗎？

「我們盡量澆水，只能這樣了。」村長指揮著村子裡男丁，要大家去找水來，接力遞水灌進火場。

沒多久，看到柯爸爸拉著一名少年衝出火海……

「柯家豪！」少冬看到家豪被救出來，他大喊著。

「少……冬……」家豪有點嗆到，說起話來猛咳嗽。

「剛剛在屋裡面，我要大家趕快往外面跑，你卻回到自己房間做什麼？」柯爸爸氣呼呼的問家豪。

「我……」家豪支支吾吾的說不出話來。

「你知不知道這樣很危險？你都是個國中生了，還這麼……」柯爸爸的氣一直消不了。

「你別再罵他了，孩子出來就好。」柯媽媽在一旁幫家豪說話，她覺得家豪毫髮無傷就好。

「我是回去拿這個……」家豪從衣服裡面拿出一張紙來，那是家豪上小學以來唯一拿到的一張獎狀，是打掃廁所認真的服務熱心獎。

「我真想揍扁你！」少冬看到家豪竟然跑回房間拿這張獎狀，他氣得揮手拍了家豪幾下。

「你喔！」這下子連柯媽媽都不想幫兒子說話，用手指指著家豪的太陽穴，要他長點智慧。

「是爸爸說人要有榮譽心，我當然要保護我拿過唯一一張的獎狀。」家豪說得理直氣壯的。

「人平安就好……人平安就好……」村長連忙在旁邊打圓場，柯家一家人都安全逃出來，村長也安心了。

「我們花了不少錢蓋的房子，就這麼沒了！」看著柯家樓房在熊熊的火焰中燒著，柯媽媽心也揪了起來。

「留得青山在，不怕沒柴燒，我們家人都好手好腳的，錢可以再賺，我答應妳，一定會蓋一棟比原來更好的樓房給妳。」柯爸爸豪氣的跟柯媽媽說，柯媽媽則是嘆了很大的一口氣、勉強的點點頭。

好不容易柯家的火勢稍微止住，又有人來找村長說：「葉家的房子全倒了……沒有一個人出來。」

由於這裡只有一戶葉家，才剛從火場被救出的柯家豪立刻問：「葉大武也沒有出來？」

葉大武是家豪和少冬的同班同學，他跟家豪比較好，少冬雖然跟他不算太熟，可是聽到他沒有逃出來，仍然非常擔心。

「我們去大武家挖，怎麼樣都要把大武給救出來！」家豪當場就要往葉家跑的樣子。

「不行，現在安全的人全都移往村口的廣場，不斷有餘震，還是要到空曠的地方比較安全。」村長阻止家豪，柯家父母也拉著家豪和少冬，硬是把他們兩個拖到村子口去。

「爸爸，你為什麼不讓我去救我同學？」家豪怒吼著。

「你有什麼通天的本領？你拼得過地震嗎？現在每個人要保護好自己的安全最重要。」柯爸爸正色的說。

「或許大武只是被壓到，如果我們早點挖他出來，可能就救活一條人命。」家豪反駁爸爸的說法。

「你好好在這裡待著，那種壓倒的房子要開挖，需要大型的機器，你少在那裡逞強。」柯爸爸要家豪不准離開他的視線。

「大武今天晚上本來要來我們家住的！」家豪在一旁自言自語。

「他為什麼要去你家？」少冬問道。

「我們兩個說好要玩電動。」家豪跟少冬說。

「你到我家來抄作業，玩電動就不叫我？」這回換少冬抗議了，他說家豪這是哪門子的同學。

「因為上次大武輸我，他一直耿耿於懷，就說要到我家來決一死戰，順便住我家。」家豪望著葉家的方向。

「我們在這附近找找，或許大武和他們的家人已經逃出來，只是現在亂成一團，看不到他們的人。」少冬安慰著家豪。

「也是。」家豪就在帳篷附近找。

「你們兩個不要跑遠，現在沒電到處暗暗的，就在這附近看看就好，趕快回來。」柯爸爸沒有制止，只是要家豪和少冬不要跑遠。

「柯爸爸，那你們也幫我看一下我阿嬤和少春，我立刻回來。」少冬請託柯爸爸。

可是廣場人愈來愈多，卻怎麼都沒有葉家人的蹤跡……

「劉伯伯，你們隔壁的葉家，你有看到他們家的人嗎？」家豪看見葉家隔壁的劉家人，趕緊上前詢問。

「我們衝出來的時候，他們家已經整個倒塌，聽別人說，他們沒有一個人逃出來。」劉伯伯黯然說道。

「怎麼會這樣？大武今天就照原來計畫來我家就好了，最起碼跟我一起逃出來。」家豪有點責怪自己。

「你很無聊，這有什麼好怪的？」少冬勸著家豪。

「因為我看一本漫畫看得正起勁，大武打電話說要來時，我隨便扯個謊說人不舒服，跟他約隔天再打電動。」家豪愈說愈自責。

「你除了寫功課很懶，做其他事都很投入嘛！」少冬聽到家豪抄完功課之後有這麼多精采的安排，忍不住要虧他幾句。

「當時順著他的意，讓他來我家住就好了。」家豪氣自己氣得要命，就差那麼一點點。

「可是……」少冬囁嚅的說。

「怎麼了？」家豪看少冬的神情有點怪異。

「大武如果全家都被活埋，他跟著一塊走，或許也是一種幸福。」少冬嘆口氣說。

「他還有我這個好朋友啊！他可以來我家住，愛住多久就住多久！」家豪不能接受少冬的說法。

「你家現在也燒掉了！」少冬提醒著家豪。

「對喔！」家豪想了起來，他到現在還不太能接受這個事實。

「我們不要這麼悲觀！或許明天機器來開挖，大武一家都好好的。」少冬對家豪打氣。

「你們全家都逃出來了？」家豪也想起來，問少冬家的情況。

「我和阿嬤、妹妹都逃出來了，我爸媽今天晚上留在溫泉旅館，情況不知道怎麼樣？」少冬心裡有點七上八下的。

「希望大家都好。」家豪說這句話時，心裡不太有信心。

「溫泉旅館是新蓋的建築，一定比我們這裡的房屋安全。」少冬自己安慰著自己。

「啊！」家豪突然尖叫了一聲。

「什麼事情？發生什麼事？」少冬現在的神經緊繃，什麼事情都很容易驚嚇到他。

「我的小豬！」家豪哀號著。

「你養了小豬？那現在應該已經變成烤乳豬了！」少冬說他現在才知道家豪養

了寵物豬。

「不是寵物豬，是我的撲滿豬！」家豪說他好不容易把撲滿豬存滿，竟然忘記帶出來。

「我以為你柯家豪很愛錢，沒想到你竟然愛獎狀勝過愛錢！」少冬說他實在是不瞭解自己的朋友。

「你少在那裡說風涼話了。」家豪說他現在就要回家去找他的撲滿，錢幣不是紙幣，一定找得到。

「錢是身外之物，我們都沒事就該慶幸了。」少東收起玩笑心，語重心長的對家豪說道。

「不過，少冬，這次的事情好像真的很大條！」家豪和少冬站在原地舉目四望……

「到處都裂開了一樣，我從來沒看過這樣的情形。」少冬的記憶裡，好像只有在戰爭片才會看到如此的光景。

「會不會大家都毀了？變貧窮？這樣我更需要去拿我的小豬。」家豪對少冬嚷嚷。

「你真的是很愛錢，以前只覺得你很小氣，沒想到你這麼怕沒錢。」少冬覺得家豪很好笑，他家也算這附近環境好的人家，又沒有窮過，怎麼會在意錢到這種程度。

「希望我的小豬和大武都沒事。」家豪衷心期盼著。

03

電池最寶貴

等到天微微亮時，有了光線，整個村子裡的人都跟著忙碌起來……

「怎麼會慘成這樣？」

「這該怎麼辦？」

大家看到家園的慘狀，都不敢置信這是自己居住的地方。

「我們去大武家！要趕快去挖吧？」家豪稍微瞇了一下，一起來就拉著少冬要去大武家。

「家豪……」村長走過來看到家豪，他紅著雙眼要對家豪說話。

「村長……」家豪略有感覺村長要跟他說大武家的狀況，而且應該不是什麼好消息，這個時候他真希望自己乾脆耳聾算了。

「都走了，大武家一家四口全都被壓死。」村長哽咽的對家豪說，他臉上的表情也都揪了起來。

家豪什麼話都沒回，一個勁的往大武家跑，所有迎面而來的人，家豪都用力的推開，至於少冬則是緊緊跟在家豪的後面。

「怎麼會這樣？昨天人都還好好的。」看到大武家的人一個個被放進遺體袋，家豪覺得這一幕實在讓人難以置信。

一大清早，已經有阿兵哥和宗教團體的師兄、師姊上山來幫忙，連遺體袋都是他們準備的。

「昨天我還看到大武一家人，大武的媽媽還說大武一天到晚要來我們家玩電動，乾脆來當我爸爸的兒子算了。」家豪難過的說著昨天的事。

「我昨天也有碰到大武的爸爸，他答應我要教我做些木工，大武爸爸的木工是我們村子裡有名的。」少冬也附和的說著自己知道的事情。

「才過一夜，這一家子就消失了，這是什麼世界？」家豪沒有哀戚的大哭，可是他喃喃自語著。

「是啊！生命為什麼這麼脆弱？」少冬也有差不多的疑問。

「家豪、少冬，先到村子口空曠的地方，這裡大人們要處理很多事情，不要擠在這。」村長要兩名少年先離開。

「有沒有我們可以幫忙的地方？」看到整個村子滿目瘡痍，少冬要求村長讓他們兩個幫忙。

「你們現在照顧好自己，就是最大的幫忙。當然，你還要照顧阿嬤和妹妹。」村長拍拍少冬的肩膀。

「我不要走，我要在這裡陪大武。」家豪怎麼樣都不願意離開。

「你別鬧了，柯家豪，別像昨天那樣為了一張獎狀待在火場。」少冬硬拖著家豪往村口走。

「大武從以前就很膽小，他來我家住的時候，連晚上上廁所都要把我叫醒陪他去，把他留在這裡，我怕他會害怕。」家豪說道。

「他的家人都在他身邊，他不會孤單的，你賴在這裡也幫不上忙，反而讓做事的人不方便。」少冬使出吃奶的力氣把家豪給拖了出去。

才走到村口，少春就對著少冬喊：「哥哥，快來幫忙，大人要我們幫忙整理電池。」

「電池？」少冬不明白電池有什麼好整理的？

「剛剛村長來過，他說現在知道外面的情況只能靠收音機，本來有好幾台收音機都開著……」少春說道。

「現在規定只能有一台收音機開著，盡量把電池省下來，現在到處停電，只能靠電池了。」柯媽媽跟著解釋。

「你看，我們找來這麼多的電池！」少春捧著一個紙盒。

「好，那我跟家豪也來找電池。」少冬點點頭，原來現在最寶貴的是電池，而且剛才找來的電池，聽說有的很多都不能用，要測試過、整理一下才能確保電池使用的安全。

「電池喔……」講到電池的少冬突然想到一件事，他記得家裡有個爸爸從日本觀光客那裡拿來的寶貝。

「我回家一趟，馬上回來。」少冬想回家找個東西，他要大夥兒幫忙看著魂不守舍的家豪。

「值……錢……」少冬的阿嬤聽到少冬要回家，提醒他把值錢的東西順便帶出來。

「安全最要緊，已經有救難隊的人進來，他們會幫忙開挖。」柯媽媽忙著看著兒子，又要少冬注意安全。

「好的。」少冬點點頭，他想他要找的那樣寶貝應該在門口附近，不會被埋到很深才對。

「應該就在這附近……」少冬在半倒塌的家裡進進出出，終於在一個椅子下面看到他想找的東西……

原來那是一個靠手搖動發電的手電筒，這個手電筒完全不需要電池，當初日本客人送給爸爸時，是希望少冬的爸爸放在旅館裡，萬一停電也有個不需要電池的照明設備。

「還是放在家裡好了，旅館都有備用發電機，萬一停電也沒有影響。」爸爸當時是這麼說。

少冬拿著手電筒試了一試，發現還可以使用，他趕緊搖了幾下，用手電筒幫忙照明，在半倒塌的房子裡找阿嬤要的值錢的東西。

「真是的，阿嬤竟然把這麼多的金飾放在床舖底下。」少冬把阿嬤那些金飾拿在手上，邊撿還邊搖頭。

「先這樣好了！晚一點開挖再來找。」少冬抱著金飾和手電筒，趕快往村口的方向跑過去。

「阿嬤！這是妳的金子。」少冬把金飾塞在阿嬤的手裡，本來想阿嬤應該會很高興，可是發現阿嬤的眼睛紅紅的。

「阿嬤，金子是值錢的東西，妳要高興才對。」少冬對阿嬤這麼說，他不明白阿嬤的反應怎麼會是如此。

「哥哥，剛才收音機傳來，爸爸媽媽的旅館好像整個倒塌。」少春在一旁焦急的說。

「倒塌！情況有多嚴重？」少冬連忙問道。

「報告新聞只說了這麼一句，其他什麼都沒說，阿嬤擔心的不得了。」在一旁的柯媽媽這麼說。

「阿嬤，妳先不要擔心，剛剛我回家裡看，其實房子雖然也倒塌，可是不算很嚴重，或許爸爸媽媽的旅館也跟我們家的房子一樣。」少冬安慰著阿嬤，中風的阿嬤實在不適合再聽到不好的消息。

「你……爸……」阿嬤非常擔心自己的兒子、媳婦。

「好，我現在去爸媽的旅館看看，阿嬤先不要擔心，少春妳照顧好阿嬤，我過去看看情形，在這裡瞎操心也不是辦法。」少冬決定自己走過去爸媽的旅館查探實際的狀況。

「少冬，先不要急著去，現在路況非常糟，我不贊成你走過去。」柯媽媽在一旁制止少冬。

「可是一直在這裡也不是辦法，阿嬤只會愈來愈煩惱，我也會坐立難安。」少冬對柯媽媽說。

「你一個孩子就這樣跑去，萬一路上裂出個大洞，你沒注意到怎麼辦？」柯媽媽說什麼都不贊成少冬一個人去。

「我已經國中一年級，是個大人了。」少冬抗議著。

「才……你才國中一年級，跟我們家的家豪一樣大。」柯媽媽想，國中一年級的學生怎麼會是大人？

「柯媽媽，妳不用擔心我，我去去馬上回來。」少冬覺得無論如何都要走這一趟。

「那我叫柯爸爸陪你去，有個大人在旁邊我比較安心。」柯媽媽說還是要柯爸爸陪少冬去比較妥當。

「也是，我跟少冬去看看。」稍後到來的柯爸爸，也堅持一定要陪少冬走去旅館那邊。

「那手電筒放在這裡，現在大白天的，我們不用這個。」少冬把手電筒交給少春。

「你們兩個帶著手電筒，現在路況不明，萬一來回需要的時間比以前多，天色暗時還可以幫忙照一下。」柯媽媽要先生和少冬拿著手電筒以防萬一，他們在村裡相對比較安全。

「也好，聽太太的話總沒錯。」柯爸爸說他絕對服從柯媽媽，柯媽媽要他拿手電筒他就拿。

「你少來了！照顧好自己、照顧好少冬。」柯媽媽說都什麼時候，柯爸爸還有空耍嘴皮。

「好、那我們出發。」柯爸爸正要道別時，柯媽媽要他停下來。

「救難人員已經煮好粥，你們兩個先喝一碗，有力氣才好走山路。」柯媽媽要柯爸爸和少冬吃點東西。

結果柯爸爸拿著柯媽媽端過來的粥，他喝了一口抱怨：「裡面一塊肉都沒有，是素的，這樣吃了怎麼會有力氣？」

「你少囉唆！人家是吃素的宗教團體煮出來的東西當然是素的，你就給我乖乖的喝下去。」柯媽媽說都什麼時候，有得吃都應該要偷笑，柯爸爸竟然還敢嫌東嫌西。

「我不是嫌，是吃不慣。」柯爸爸求饒的說道。

「你這個大人也真是的，人家少冬都喝得好好的，只有你在囉唆。」柯媽媽說家豪吃東西的樣子就是跟他爸爸一樣。

「我哪有？」家豪的狀況也比較好了，他喝了粥之後，也說要跟少冬一起去旅館那裡看看。

「你哪裡都不准去，就好好的待在這裡。」柯媽媽要家豪別亂跑，柯爸爸陪著少冬就夠了。

「是啊！家豪，你在這裡幫我照顧我阿嬤和我妹妹，我去去馬上趕回來，希望可以在天黑之前回來，要不然山路難走。」少冬說柯媽媽的顧慮應該是對的，村子裡都震成這樣，或許路況會比想像的還差。

情形果然不妙，很多筆直的路，因為地震坍方，少冬和柯爸爸還要繞路走，用爬才繞得過去。

「好險我有跟來，你一個孩子怎麼走這樣的路？」看到路況這樣，柯爸爸慶幸自己有跟來。

「柯爸爸，不好意思，麻煩到你了。」少冬覺得拖累到柯爸爸，他心裡很過意不去。

「這是說什麼三八話？我們家兩代都是朋友，我跟你爸爸、家豪和你都是一起長大的朋友，怎麼現在客氣起來？」柯爸爸要少冬別把這種小事放在心上，好好專心爬山、走路比較要緊。

「看情形，原來的路好像不能走了。」少冬覺得習慣走的路真的穿不過去，抬頭問柯爸爸。

「我帶你走小路，跟緊一點。」柯爸爸矯健的爬起山來。

少冬跟著柯爸爸也不知道走了多久的山路，好不容易走到可以望見爸媽的旅館的小山頭，少冬當場腿軟、癱坐在地上……

「怎麼會這樣？」少冬幾近無意識的喃喃自語。

「是……怎麼會這樣？」柯爸爸也不敢相信自己眼睛看到的。

因為夏家夫婦開的旅館，因為走山的緣故，幾乎完全夷為平地、消失在土石流當中。

「我們家的旅館不見了！」少冬在小山頭上哭了出來。

「少冬，先不要難過，我們還有路要趕，到了那裡，或許你爸媽已經順利逃出來。」柯爸爸要少冬先別急，現在傷心還太早。

「對！我不能哭，我要先去那裡確定爸媽的情況。」少冬用手把眼淚抹乾，趕緊爬起來趕路。

「是啊！旅館沒了不要緊，人平安就好。」柯爸爸對少冬這麼說，替這位少年打氣。

「對！是這樣沒錯。」少冬猛點頭。

結果少冬和柯爸爸盡全力的趕路，趕到旅館前，那裡早就聚集了大批的救難隊，還有大型的挖土機在開挖。

「長官，他是這棟旅館老闆的兒子，想請問一下老闆夫婦他們現在在哪裡？」柯爸爸替少冬問現場的指揮官。

「他是夏家人嗎？」指揮官問柯爸爸。

「是的，他是夏少冬，是這家旅館老闆的長子。」柯爸爸筆直站好的回答現場指揮官。

「現在情況很糟，地震來得很突然，而且走山走得很快，旅館整個掉進土石流裡面，目前老闆和旅客沒有人逃出來。」指揮官黯然的說。

「你們一定要救救我爸爸、媽媽，我阿嬤還在等他們回去，她年紀很大又中風……」少冬突然跪地大哭，要救難人員一定要把爸爸、媽媽給救出來。

「小弟弟，你別這樣，我們真的很努力。」指揮官連忙扶起少冬，要他鎮靜一點。

「是啊！少冬，長官一定會救你爸媽的，你先別哭。」柯爸爸也安慰著少冬，要他先別慌了手腳。

「請一定要救救他們，我爸爸、媽媽都是好人，一定要救救他們，不能讓他們死掉。」少冬繼續哭喊著。

不過少冬愈說，就看到指揮官的臉色愈沉，都不知道該說些什麼才好。

04 說好的生日呢？

「少冬，不要這樣！長官他們一定會盡量救人的，不會有人見死不救，你不要這樣。」柯爸爸硬要把少冬拉起。

「可是……可是……」少冬邊起身，卻有點六神無主、手足無措，連話都結巴了起來。

然後柯爸爸和指揮官交換了一下意見，柯爸爸神情嚴肅的聽著指揮官說明救災的情形。

「長官的意思是要我們先回村子等消息？」柯爸爸問指揮官。

「我想在這裡等。」少冬說要等出結果再回家。

「一有消息，我們就通知你們。」指揮官承諾。

「我們家已經又斷水、又斷電，電話也不通，有消息要怎麼通知？」少冬反問指揮官。

「今天會有救災人員進到你們村子，我們彼此之間都有配備無線電通訊對講機，他們會轉告這裡的消息給你們家人。」指揮官說目前情況不明，少冬繼續待在那裡也不是辦法。

「這樣要怎麼跟阿嬤說？」少冬又嚎啕大哭了起來。

「少冬，你要堅強點，現在夏家只有你這個男人，你還要照顧阿嬤和妹妹，不可以只是哭。」柯爸爸說著少冬，自己的眼眶卻不爭氣的紅了起來。

「柯爸爸，我真的撐得起來嗎？如果爸爸媽媽都走了，我真的撐得起我們家？」少冬懷疑自己有這份能耐。

「先不要想這麼多，孩子，我們先回家去，一有消息，指揮官會告訴我們的。」柯爸爸跟指揮官再三拜託後，就拉著少冬回村子。

少冬的步伐不若來時那麼勇健，他幾乎是拖著腳步回家，也因為這樣，回去的時間幾乎是來時的一倍。

「還好有這個手電筒。」柯爸爸看到天色已暗，趕緊轉了幾下手電筒的發電轉盤，讓它光照路途。

「我要怎麼跟阿嬤說？」少冬不斷喃喃自語的說這句話。

柯爸爸也沒有多說什麼，就陪著少冬安靜的走著。

回到村子裡，還沒走到帳篷，少春非常著急的問少冬：「哥哥，爸爸、媽媽呢？」少春還遞上一盒巧克力給少冬：「哥哥，你有沒有吃東西？吃一塊巧克力，這是我從家裡翻出來的。」

少冬搖搖頭表示不想吃，他很敬佩少春在這個時候還吃得下東西。少春從小就很愛吃，偏偏怎麼吃都吃不胖，這是她讓人羨慕的地方，夏爸爸常常取笑她說：「太可怕了，除了吃還是吃，如果有人看到妳這種吃法，一定不敢娶妳。怕妳把他們家給吃垮！」不過媽媽以前曾經反駁過爸爸，她說少春跟她一樣，只是用吃在減壓，只要她愈緊張就吃得愈多。少冬想到爸爸、媽媽說的話，忍不住鼻子又酸了起來。

「哥哥，你怎麼了？」少春問著。

「沒事，天氣有點涼，我鼻子有點過敏。」少冬隨便掰了一個理由，少春聽了之後就盯著少冬好像想問些什麼。

「你……爸……媽……」結果阿嬤反而比少春更快問起少冬。

「救難隊還在救，情況不明。」少冬說道。

「阿嬤，妳放心啦！夏先生、夏太太知道中秋節是妳的生日，怎麼樣都會回來幫妳慶生的。」柯媽媽在一旁這麼說。

夏家阿嬤的生日是農曆八月十五日，就是中秋節，九二一地震這天是農曆的八月十二，本來夏家還打算好好的替夏阿嬤好好的慶祝一番。

少春說：「媽媽說有幫阿嬤準備一個大禮，她託人從日本買回來的，要等到中秋節再送給阿嬤。」

少春說到這裡，眾人都鴉雀無聲，尤其是少冬，他看到旅館救災的狀況，實在不敢多說些什麼。

「夏阿嬤要過生日，我們一定要好好幫阿嬤慶生才是。」村長走過，聽到夏阿嬤是中秋節生日，再過兩天即是，他就在想該怎麼張羅個蛋糕給夏阿嬤。

「不……用……」阿嬤連說不用，她現在吃東西、行動都不方便，少冬為了幫她復健一有空就幫她按摩手心。

「少春，我不是跟妳說過，有空要幫阿嬤多按摩手心，或者陪阿嬤練習走路做復健。」少冬訓斥著少春。

「哥哥，你怎麼了？」少春很少看到少冬發脾氣，她不明白一向很有耐心的少冬怎麼突然這麼兇？

「小學五年級也要分攤一點家務，現在不比平常時候。」少冬正色的對妹妹這麼說。

「喔，好啦！」少春點點頭，她感覺到哥哥似乎有點不對勁。

到了中秋節當天，旅館那邊的開挖還是沒有消息傳來，少冬每隔幾小時就去問前來村子幫忙賑災的救難隊，問他們對講機有沒有消息傳來？

「同學，一有消息，我一定會通知你的，不用一直跑來問，這樣不是很累嗎？」救難隊員問少冬。

「對不起，打擾到你們。我真的很想知道爸爸媽媽的狀況。」少冬不好意思的回答。

「我知道你的心情，可是我們真的也很努力在救，要幫忙救的地方這麼多。」救難隊跟少冬說明他們的為難之處。

「少冬，快來！」村長遠遠的看到少冬，要他趕快到帳篷那裡去。

「這是我好不容易弄到的海綿蛋糕。」原來村長記掛著夏阿嬤的生日，他找來

一塊毫無裝飾的海綿蛋糕充當生日蛋糕，上頭插了一根蠟燭意思意思。

「那我們一起唱生日快樂歌吧！」柯媽媽在一旁吆喝著，現在村民幾乎都在村子口搭帳篷住，只要嚷嚷幾聲，幾乎全村的人都圍過來了。

「祝妳生日快樂！祝妳生日快樂……」大家齊聲祝唱生日快樂歌。

「我去拿盤子……」少冬實在唱不下去，他藉故離開帳篷區，到比較偏遠的角落，一個人在那裡哭了起來。

「少冬啊！」沒想到柯爸爸跟在他後頭也過來了。

「柯爸爸，我知道我是男孩子現在不能哭，可是我忍不住。」少冬七手八腳的擦著眼淚。

「好吧！那就好好哭一頓！」柯爸爸拍拍少冬的肩膀。

「柯爸爸，我們的家都沒了，大家要怎麼辦？」少冬即使站在這個角落，他的腳和心幾乎都在顫抖。因為從這裡望下去，還是有石塊落在底下的滾滾黃流，大家的家都成了危樓，很難想像這裡面曾經是溫暖的家園，整個村子像是被炸彈轟炸過的廢墟一樣。

「船到橋頭自然直，你們現在的孩子命好，沒吃過苦。我們當孩子的時候，情況沒有比現在好，還不是走過來了。」柯爸爸說人是有韌性的動物，面對環境自然會生出力量來。

「我實在很擔心我阿嬤，怕她老人家撐不住。」少冬說阿嬤一向很依賴兒子，也就是少冬的爸爸，如果爸爸真的有什麼不測，他擔心阿嬤會想不開，覺得人生了無生趣。

「阿嬤還有你和少春啊！」柯爸爸要少冬不要小看自己。

「我沒有辦法像爸爸那麼厲害，經營一個大旅社。我妹妹少春也還小。」少冬洩氣的說。

「你爸爸本來就是我們這裡的幹才，我們上一輩的人都說你爸爸能幹，你是你爸爸的兒子，虎父無犬子，你有他的遺傳，一定可以做得很好的。」柯爸爸繼續鼓勵著少冬。

「柯爸爸，你也覺得我爸媽的情況不妙，是嗎？」少冬問著柯爸爸，到底自己父母生存的機率大嗎？

「我那天有問過指揮官，他們說最多會挖個五天，如果仍然沒有什麼進展，他們就要停止旅館的救難，因為那已經超過人類生存的期限，而且那一帶的土石流還是危險，怕繼續挖反而引動更大的走山。」柯爸爸說著他知道的情況。

「少冬，快來吃蛋糕，村長幫你留了一小塊。」家豪走過來叫少冬，說那塊蛋糕雖小，可是特別為少冬留的。

「少冬，你和家豪是好兄弟，兩個要彼此幫忙，知道嗎？」柯爸爸叮嚀著兩個國一的男生。

「爸，你在做什麼？怎麼突然說這些？」家豪突然加進來，聽到爸爸莫名其妙的說了這些，整個人完全在狀況外。

「爸爸的意思是說，村子震成這樣，大家都要彼此幫忙，你們兩個本來就是好朋友、好兄弟，更要鼓勵對方，一起渡過難關。」柯爸爸解釋給家豪聽，雖然家豪還是聽得一愣一愣的。

「這麼簡單的道理還要特別說嗎？不是本來就是這樣？」家豪覺得爸爸這番話實在有夠怪的。

「好啦！那我不說了！少冬快去吃蛋糕。」柯爸爸搖搖頭，摸摸自己寶貝兒子的臉，要他跟少冬一塊回帳篷那裡，他還有點事情要忙。

「少冬，剛剛吳老師也來了，現在還在帳篷那裡。」家豪說級任老師特別上山來看自己的學生。

「老師來了！」少冬驚訝的問家豪，然後快步的跑回帳篷區。

「夏少冬！」吳老師看到少冬，就摸了摸他的頭，一臉欣慰的樣子，不過說著說著竟然哭了起來。

「老師！」少冬從來沒看過吳老師這樣，在他的印象中，吳老師是個非常嚴格的女老師，教學認真、很少流露自己的情緒。

「老師剛才看到我也哭了一場。」家豪小小聲的對少冬說。

「當老師最難過的事情，就是看到自己的學生名字出現在死亡名單上，看到你們好好的，我真的很感動。」吳老師啜泣的說道。

「大武走了！」家豪低聲的說，吳老師說她知道這件事，還把已知死亡的同學名單跟少冬和家豪說。

「我真後悔，前幾天還罵了大武一頓，如果知道他就這麼走了，我就……」吳老師說到這裡哭得更難過了。

「老師，這塊蛋糕給妳。」少冬把大家留給他的那一小塊的海綿蛋糕遞給吳老師。

「怎麼有蛋糕？」吳老師問。

「今天是中秋節，也是我阿嬤的生日。」少冬說道。

「夏阿嬤生日快樂！」吳老師低身跟夏阿嬤問好，阿嬤則是緊緊的抓著吳老師的手，顫抖的說謝謝。

「今天是中秋節，那是不是要烤肉？」有個鄰居孩子說道。

「還要放煙火。」其他帳篷內的孩子們也在起鬨，往年中秋節，總是一家烤肉萬家香，而且村長還會特別買些大龍炮之類的煙火來放。

「小孩就是小孩。」少冬看到這群起鬨的孩子們，忍不住搖著頭說他們一點都不知道這是國難日。

「看到你們兩個沒事就好，老師還要去別的村子探望其他學生。」吳老師說她要先走一步。

「那學校呢？」少冬想起來吳老師是住在學校宿舍，不知道學校在這次地震後的情況怎樣？

「我們國中還好，可是附近的小學已經全部震垮了！」吳老師有過去看了一下，說小學根本沒有一間教室是完好的。

「這樣就不用上學了！」少春聽到後的反應竟是如此，連同其他小學生在那裡手舞足蹈。

「真的是不知死活的小學生。」連家豪都看不下去了。

「妳放心，學校絕對不會放過你們的，就算沒有教室也可以露天上課！」少冬嚇嚇自己的妹妹。

「真的嗎？」少春頓時黯淡了下來。

「還不知道情況，大家都忙著救災，也還不能確定學生人數，教育局會下行政命令的。」吳老師說道。

「吳老師，我的作業簿都燒掉了，我家地震那天發生火災，把書包都燒個精

光，這樣有沒有關係？」家豪緊張的問郭老師。

「沒關係、沒關係，你好好的活著就好。」吳老師說她只要她的學生都健健康康的活著就好。

「早知道那天晚上我就不用到你家去抄作業了！辛辛苦苦的抄起來還被燒掉，真的是……」家豪扼腕的說。

「不知死活的國中生，跟小學生比也沒好到哪裡去吧？」少冬聽到家豪這番謬論，忍不住抓了抓他的耳朵，在他耳朵邊喊話。

「別這樣！我耳朵也要地震了。」家豪求饒的說。

「那復學的時候見了。」吳老師說她還要趕幾個村子，而且學校裡面也需要整理。

「吳老師，我們兩個可以回學校幫忙整理。」少冬要吳老師如果有需要，可以請學校附近的救難隊，用無線對講機聯絡，請他們通知少冬和家豪，這是他才學到的新招數。

「不了！你們都需要幫忙整理家裡，學校就由老師們自己打點就好。」吳老師說要他們兩個好好在村子裡幫忙。

少冬跟家豪將吳老師送到村子最外面的出口，才折回村子裡面。

「少冬，你爸媽呢？還沒從旅館回來嗎？」家豪今天人才比較清醒，不再那麼恍惚，他突然想起少冬父母的旅館。

「我們正在等消息。」少冬黯然說道。

過了兩天，夏家夫婦的消息就傳來村子裡，不過……並不是好消息。

05 變調的月餅和鋼琴

九二一地震後五天，消防隊和救難隊都放棄了！因為要救的地方實在是太多，少冬的爸爸媽媽就此埋在地底下。

少冬一直告訴自己不能哭，他現在是這個家唯一的男人，他要撐起這個家，他還有阿嬤和妹妹要照顧。

阿嬤和妹妹雖然心裡都有個底，但是聽到這個消息，還是哭得很傷心，尤其是阿嬤，一個中風的老人還抽噎的哭著，那個畫面看起來實在是有夠淒涼，更像是風中殘燭一般。

少冬聽到救難隊員在告知他這個消息之後，走到一旁討論著：

「這下可慘了，聽說那天晚上來了一大團的日本觀光客，難道也跟著旅館一起活埋？」

「地震發生當時，那一大團的觀光客在導遊的帶領下，跑去露天溫泉玩，很晚了還沒回到旅館。」

少冬腦子裡完全沒辦法想到日本觀光客的事情，他望著阿嬤和少春，只能想到接下來他們一家人要如何活下去？

這時候幫忙救難的義工不斷湧進災區，一直有運送物資的卡車進到村子，在這個中秋節期間，也有月餅送進來。

不過由於來的月餅和人數不成正比，幾乎只能三、四個人吃一個月餅，夏家阿嬤和大人們幾乎沒心情吃月餅，連愛吃成性的少春在聽到父母遭逢惡耗之後，似乎也沒心情吃喝。

少冬在義工團的帳篷區看到許多醫師捲起袖子忙著照顧病人，少冬就站在那裡定定的看著……

少冬從小對於這類的醫療事務就很有興趣，以前就讀的小學附近有個小藥局，少冬放學時很喜歡窩在那裡看藥劑師幫忙病人配藥，那個藥劑師還常常覺得少冬這個小孩很奇怪。

「爸爸說，我對當醫生這麼有興趣，以後要送我去日本學醫。」少冬自顧自回想著，不過這個夢想已經是個妄想，他眼前最需要解決的問題是照顧阿嬤和妹妹，要讓他們一家三口能夠有飯吃。

「少冬，快來幫忙，阿嬤昏倒了。」柯媽媽一看到少冬，就要他趕緊來幫忙，把阿嬤送到醫療區的帳篷去。

由於阿嬤的情形看起來很緊急，大家都禮讓她這位老人家，醫生幫她診治之後，打了一劑營養針，讓她在帳篷裡休息。

「阿嬤，妳不要煩惱，即使爸爸、媽媽都不在了，我也會想辦法養活妳和妹妹的。」少冬在阿嬤的床邊說。

阿嬤就是簌簌的流淚，絕望的看著帳篷頂，眼神飄得好遠、好遠，彷彿魂都不在這裡似的。

「夏阿嬤，我也會幫忙少冬照顧妳的，妳別難過啦！」陪同少冬一起送阿嬤來就醫的家豪這麼說。

「阿嬤！阿嬤……」原本在外面幫忙分月餅的少春，從鄰居那裡聽到消息，趕緊跑來醫療帳篷。

「沒事了，醫生有幫阿嬤打針，說讓她多休息就好。」少冬解釋給慌張的少春聽。

「健……保……費……」阿嬤都到了這個節骨眼，她還在擔心看醫生健保費夠不夠。

「醫生沒有跟我要錢，現在應該都是義工團來幫忙義診，沒有要健保卡也沒有要錢。」少冬要阿嬤什麼都別想，好好休息就是了。

「少冬，你跟我來一下。」家豪對少冬招招手，要他出帳篷一下，他有事要跟少冬說。

「少春，妳留在這裡照顧阿嬤，不要亂跑喔！」少冬叮嚀著少春。

「柯家豪，你有什麼事情？」少冬不太明白的問家豪。

「你跟我來一下，馬上就好，不會耽誤你照顧阿嬤的。」家豪帶著少冬往他舊家的方向走。

「去你家做什麼？」少冬滿臉狐疑。

「閉嘴啦！來就是了。」家豪神祕兮兮的說，而且還要少冬小聲一點，不要讓其他人看到。

結果家豪到燒為焦土的舊家，在一處沒人注意的角落，用手挖出一隻黑壓壓的玩意……

筒。

「喔！你找到你的小豬了！」少冬看出來那是家豪信誓旦旦要找到的小豬存錢筒。

「送你！」家豪把小豬塞給少冬。

「為什麼？」少冬覺得太陽真的從西邊出來了，平常小氣得要死的家豪，竟然要把他存錢的小豬給他。

「阿嬤問健保費，你可以拿這隻小豬裡的錢去繳。」家豪把小豬推給少冬，不過眼神裡滿是不捨。

「不要啦！你那麼愛錢，這不是要你的命？」少冬取笑著家豪，他心裡知道家豪要做到這一步有多麼不容易。

「囉唆！說要給你就拿去，不要讓我媽看到，我媽那個財迷比我還愛錢，她一定會沒收我的小豬，我才藏得這麼仔細，就是怕她找到。」家豪說他找到小豬，遲遲不敢搬到他的帳篷，就是為了躲避媽媽的追查。

「柯家豪！」少冬為家豪這樣的行為感動萬分。

「你就拿去用，你爸爸、媽媽現在都不在了，你要一個人養阿嬤和妹妹。」家豪很有男子氣概的說。

「可是你家也燒毀了，難道不要用錢？」少冬問著家豪。

「有我爸爸、媽媽頂著，你是要頂起夏家，你比較需要啦！」家豪要少冬趕緊收下小豬撲滿。

兩個人還找了個袋子將小豬裝起來，這樣從外觀看就不會發現有隻很多現金的小豬撲滿抱在手上。

從家豪家回帳篷區的路上，經過少冬的家，少冬和家豪走進自己家，看到那台爸爸媽媽買給少春的鋼琴……鋼琴被倒塌的房屋幾乎壓得不成型，不過敲起琴鍵仍然能夠發音，只是音都不準了。

少冬用手指敲了一首《甜蜜的家庭》，可是整首歌都走調走到離譜的地步，就像少冬現在的家一樣。

「別多想了，很多事等著你去處理。」家豪知道少冬一定是在想自己的爸爸、媽媽。

「是的。」少冬闔上琴蓋、點點頭。

狀。

「我好敬佩你，聽到這個壞消息，一滴眼淚都沒掉。」家豪舉起大拇指做敬佩狀。

「我在我爸媽的旅館已經哭了一場，現在在阿嬤和妹妹的前面，不想讓她們兩個擔心。」少冬無奈的說。

「原來是這樣！不過你也不要憋在心裡，有什麼事情都可以跟我這個朋友說。」家豪說道。

「有你這隻小豬我已經很感動了，你那麼愛錢還願意把小豬給我。」少冬感動的說。

「瞧你把我說成這樣，好像我愛錢如命。」家豪癟起嘴來。

「你本來就愛錢如命，從以前到現在，只有我請客的份，你可從來沒請過我。」少冬笑說。

「對呀！這樣我就更要把小豬給你了。」家豪自我解嘲的說。

結果他們兩個往帳篷的方向走時，看到村口好像有陣騷動似的，一下子有很多人湧到那裡。

「我們也快點去看看。」少冬拉著家豪加快腳步的跑過去。

原來是村長把一具屍體給運回來，義工正幫忙把屍體放進屍袋，家豪問旁邊的人這到底是誰？

「就是老盧啊！」有位太太難過的說。

「盧老先生嗎？就是我們家隔壁的鄰居？」少冬問起那位太太，她點了點頭，說就是那個老盧。

「剛剛發現的，他在遠處的樹林裡上吊自殺，是村長把他搬回來。」歐巴桑搖頭說道。

「他為什麼要自殺？」少冬驚訝的問道。

「他們全家人都死了，只剩下他一個老先生活著，大概是這樣，他也不想活了。」歐巴桑這麼猜測著。

她的猜測和周圍圍觀的居民們想法類似，大家都這麼說，頓時之間，村口的廣場一片七嘴八舌的。

「少冬，你也要多注意阿嬤。」村長經過時，看到少冬和家豪在注意盧老先生的事，好意的提醒少冬。

「我會的。」少冬難過的點點頭。

「剛剛區公所的人來，還特別提醒我，只要這種天災之後，失去親人的老人特別容易想不開，我還來不及注意這件事，老盧就這樣走了，他真的是……」村長又氣又難過，也捨不得說盧老先生什麼。

「他都不信任我們這些鄰居？不相信我們會照顧他？」家豪不明白的問著村長，他覺得自己好像也被盧老先生否定了一樣。

「或許是太悲傷了，覺得一點希望都沒有，一衝動就去做傻事。」少冬此刻完全可以體會這種心情。

「區公所說，自殺幾乎都是一時的情緒，假如在當時有個人在旁邊轉移想要自殺的人的想法，就能夠挽回一條生命。」村長說一場地震，讓他這個村長要做很多事，連人的心理都要知道。

「村長要保重，注意自己的健康。」少冬說道。

「少冬，村長的能力雖然有限，可是以前你爸爸、媽媽好的時候，也很照顧我們這個村子，如果你需要什麼，可以跟村長商量，我們大家一起想辦法。」村長紅著眼眶說。

「村長，你好像一直哭個不停。」家豪對村長笑著說。

「太慘了！這場地震太慘了，我一直覺得自己能力不夠，好像怎麼做、怎麼救都救不完。」村長有點沮喪的說。

「我知道這種心情。」少冬心有同感的點點頭。

「而且現在湧進來的資源太多，沒有統合，我一下子都搞不清楚這些支援物資。」村長邊說邊搖頭，繼續要去忙他的事情。

家豪去找柯家爸媽，少冬回到醫療區的帳篷，他沒有直接進到阿嬤正在休息的帳篷，他站在醫療區的外面看了許久……

「同學，你阿嬤有好一點了吧？」剛剛幫忙夏阿嬤醫治的醫生問起少冬，他還記得少冬。

「應該好多了。」少冬謝謝醫生的關心。

「醫生，你是讀醫學系的嗎？」少冬囁嚅的問起醫生。

「是啊！我當然是醫學系畢業的。」醫生好像覺得少冬這個問題很好笑，有點啼笑皆非的樣子。「難不成，同學你覺得我看起來像個密醫或是冒牌醫生嗎？」醫生問道。

「不是、不是，我不是這個意思。」少冬搖頭說著，卻繼續問醫生：「醫學系很難考吧！」

「嗯……我考了兩年才考上醫學系。」醫生說自己是重考生，之前在補習班補到昏天暗地的地步。

「唉……我應該也沒辦法去補習班了吧？」少冬有點替自己惋惜，他多麼希望自己真的能當一名醫生。

「怎麼這麼說？或許你更厲害，不用補習，一次就能考上醫學系。」醫生對少冬說道。

「喔！沒事，醫生你忙，我不要吵你了。」少冬心想，他可能要忙著賺錢，這個當醫生的夢想應該不用想了。

可是他還是忍不住入迷的看那位醫生熟練的拿著聽診器、對病人問診，看著、看著，他發出一聲嘆息……

「夏少冬，清醒一點，快回到現實來。」少冬提醒著自己，爸媽已經都不在了，他要先想怎麼填飽一家人的肚子才是。

「夏少冬！」這時候少冬真實的聽到有人喊他的名字，仔細一看是柯家豪來了。

「你在發什麼呆？」家豪問少冬。

「沒有、沒有。」少冬連忙否認。

「還說沒有，我看到了！還聽到你嘆氣。」家豪追問少冬。

「我在想可不可以像義診的醫生一樣，成為一名能夠救人的好醫生？」少冬不好意思的說道。

「廢話！當然可以。」家豪邊說邊把一床厚被子給少冬，說是他媽媽要他拿來給少冬的。柯媽媽擔心少冬家的被子不夠暖，她說現在要特別注意保暖，每個人都不能倒下去。

「謝謝柯媽媽。」少冬拿著那床棉被，心裡倍感溫暖。轉過身去，又聽到少春的聲音：「哥哥，你回來了。」在帳篷裡的少春看到哥哥回來，從口袋拿出四分之一塊的月餅給少冬。

「不用留給我，妳自己吃就好。」少冬說道，不過少春還是細心的幫少冬保存月餅。

06

開學

少春本來不知道盧老先生的事，在少冬告知他之後，少春非常驚訝的問說：

「就是我們鄰居家的盧爺爺？」

「是啊！就是那位盧老先生。」少冬點點頭。

「他是什麼時候自殺的？」少春問道。

「昨天。」少冬聽來的消息是這樣。

「我昨天還有看到他老人家，他跟我說要去舊家看看，可是他走的方向完全相反，我還覺得很奇怪。」少春嚇得雞皮疙瘩都起來了。

「應該就是那時候，聽說他是到村口遠一點的樹林裡上吊自殺的。」少冬轉述鄰居的說法。

「我……也……想……死……」阿嬤突然醒來，聽到少冬和少春的談話，她突然坦承自己也不想活。

「阿嬤，妳還有我和哥哥！」少春要阿嬤別這麼想不開，他們兩個人都很愛阿嬤，捨不得她老人家。

「拖……累……你……們……」阿嬤斷斷續續的說道。

「阿嬤，妳不是我們的累贅，老師說過，家有一老、如有一寶，妳是我們的寶貝。」少冬非常認真的說。

阿嬤搖了搖頭，由於她中風，連搖頭都不太方便的說：「米……蟲……」阿嬤完全否定自己的存在。

阿嬤自從地震之後，得知兒子、媳婦都走了，就一直嚷嚷著不想活，很想去死，可是連死都行動不方便。

周圍的人好說歹說勸阿嬤，可是阿嬤卻老是把死掛在嘴邊，讓鄰居們非常擔心她的狀況。

「可是夏阿嬤行動又不方便，她不容易死得成的！」家豪要大家別擔心，中風的夏阿嬤要自殺談何容易。

「你不會說話就不要說話，行不行？」柯媽媽覺得家豪講的話簡直不吉利到了極點，趕緊要自己的兒子住嘴。

「我又沒說錯！那種嚷嚷著要死的人都不會死的，真正一心求死的人不會把死掛在嘴邊。」家豪反而說得更多。

「我真的很想拿膠布把你的嘴巴貼住。」柯媽媽愈聽愈生氣。

「家豪說的也沒錯，柯媽媽別發火了。」少冬知道自己好朋友的個性，一點也不以為意。

「誰說的？我聽說隔壁村子，就有個中風的老太太，也是孤家寡人一個，結果慢慢推著輪椅就自己掉進村旁邊的滾滾溪水裡。」柯媽媽說還是要注意，一個不小心，老人家就走了。

「那我們真的要小心點。」少冬心有餘悸的說。

「可是我們下個星期一就要開學了，如果上學的話，夏阿嬤要怎麼辦？」家豪立刻想到上學的事。

「對耶！那阿嬤要一個人在家嗎？」柯媽媽說這真的是一個問題。

「而且現在鄰居都很忙，也不好把阿嬤託給別人。」少冬也一直很為這件事傷腦筋。

「我們要不要先去問吳老師，或許你先不要上學？」家豪還接著說，如果少冬真的因為這樣不用上學，他也很希望自己媽媽也生個病讓自己照顧算了。

「你這個兔崽子，為了自己不上學，就觸我霉頭，你真的是個不孝子。」柯媽媽忙著找東西要打家豪。

不過少冬旋即交代少春要把阿嬤顧好，拉著家豪就要回自己的國中去找吳老師問這件事。

「你先不要上學，這樣好嗎？」吳老師認為阿嬤一定也不肯。

「我就是擔心這樣，阿嬤一定不肯我為了他不讀書。」少冬說阿嬤一直希望少冬能讀書讀得好一點，將來可以當醫生。當然，這也是少冬以前的夢想，是他自己說給阿嬤聽的。

「對了，現在我們國中和國小要併校上課，少春也會跟你一班。」吳老師說教育局臨時通知學校要這樣做。

「國中和國小一起上課？」家豪覺得這可新鮮了。

「為什麼會這樣？」少冬不明白的問吳老師。

「很多學生轉學，畢竟大家的家都震壞了，很多人轉學到北部或南部的親戚家，學生人數一下子少了很多，小學也震壞，就暫時先國小和國中併校上課，等重建好了再分班。」吳老師解釋給少冬和家豪聽。

「事情變化真快！」少冬嘴巴上這麼說，他心想自己家何嘗不是如此，一下子少了爸媽，什麼都不一樣了。

「少冬，你就帶著阿嬤來上學好了。反正少春現在跟你是同班，你們兩個就一起推著阿嬤來上學。」吳老師提議。

「這個建議好，我也會跟少冬一起上學，也可以幫忙照顧夏阿嬤。」家豪開心的說。

「家豪，你爸爸說可能要幫你轉學。」吳老師剛剛聽到這個消息。

「為什麼我不知道？」家豪非常驚訝有這件事，他完全沒有聽到爸媽有這樣說過。

「因為你爸媽要到南部做工、賺錢，要先將你轉學到北部的親戚家，請你姑姑照顧你。」吳老師說著。

「可是我不想離開這裡。」家豪抱怨著。

「那也是沒辦法，現在環境比較艱難，家裡的每一份子都要互相體貼，一起共

體時艱。」吳老師好言的勸著家豪。

「我不要啦！」家豪有點要鬧起脾氣。

「我也很捨不得家豪，可是柯爸爸、柯媽媽一定是覺得這樣對家豪比較好。」少冬也很難想像自己的死黨家豪要離開，他頓時有點難以接受。

結果當天家豪從學校回家，問起自己爸媽，聽到真的要這樣做，哭得不成人樣……

「我不要孤零零的一個人去台北，我不要啦！」家豪說自己這樣好像孤兒一樣，他情願一個人留在南投。

「讓你一個人留在這裡，我們怎麼放心？」柯媽媽說她也不願意，可是找到的工作就在南部。

「我跟著你們去南部也可以，我就是不想一個人去台北。」家豪抗議著。

「去南部工作是住公司宿舍，根本沒有你住的地方。」柯爸爸面有難色的對家豪說。

「那我住在少冬家好了。」家豪說少冬一定願意收留他的。

「少冬要養阿嬤和妹妹，現在連你都要去他家擠，你這個當朋友的到底會不會替他著想？」柯媽媽要家豪別再給少冬添麻煩了。

「如果夏家父母都在，我就讓你住在夏家，我也很放心，但是人家家目前情況並不好啊！」柯爸爸搖搖頭。

「那我一個人住！」家豪說他也國中了，可以獨立自主。

「你一個人住？你別開玩笑了，那不像是個脫韁的野馬一樣，作業也不寫，成天玩就好。」柯媽媽完全不願意這樣做。

「柯媽媽，可以讓家豪留下來嗎？」少冬這時候也來柯家，幫忙家豪勸他父母親。

「少冬，我知道你們兩個是好兄弟，可是我一方面讓家豪上台北，也是希望他在那裡的求學環境比較好，讓他就一路在台北讀書就好，希望你能體諒我們做父母的苦心。」柯爸爸的意思是這樣。

「我去那裡當最後一名也好嗎？」家豪想到，他的程度一定比不上台北的學生，去那裡不是增加自己的挫折感？

「你還真有出息，還沒去就自己想當最後一名。」柯媽媽真的很氣家豪，覺得他真是不思長進。

「人家要到台北讀書都求之不得，還好我妹妹願意幫忙。只有你不想去，因為怕當最後一名。」柯爸爸看到家豪這樣子，也有點動氣。

結果這場勸說大會並不成功，柯爸爸、柯媽媽還是很堅持要家豪上台北讀書，要他自己現在就開始整理行李。

「我真得很希望現在有個上帝可以幫我，我一點都不想離開村子。」家豪苦著臉說。

「男兒志在四方，想想看，或許你上台北會闖出一番作為，以後我上台北就靠你了。」少冬拍拍家豪的肩膀。

「我才國中一年級，你別這麼好笑。」家豪取笑著少冬。

「有什麼好笑的？」村長聽到少冬和家豪的談話，要他們兩個說點好笑的事情給他聽，他快被賑災的事情給煩死了。

「一點都不好笑，村長！我要被送到台北讀書，可是我真的不想離開村子，尤其村長人這麼好。」家豪抱怨著。

「柯家豪，你真的很會做人，村長聽你這麼說好高興。」村長笑說家豪真會灌迷湯。

「村長，你幫幫我的忙，我一點都不想去台北，或許我上台北，沒有家人在身邊就變成壞孩子混流氓了。」家豪說他自暴自棄起來一定會這樣。

「這倒也是。」村長說他聽過很多這種例子，他也覺得小孩子國中以前還是跟父母住在一起比較好。

聽到這裡，少冬有點難過的神情，村長馬上改口說：「少冬，我沒有要讓你難過的意思，唉！我沒想到……看看我，村長真是個老糊塗。」

「村長，你是個大人，去勸勸我爸媽讓我留在村子，我一個人會乖乖的在家。」家豪說村長說的話，爸媽應該會聽。

「你爸媽把你送到台北，他們要去哪裡？」村長突然問起。

「我們家燒毀了，他們兩個要去南部當工人、賺錢。」家豪無奈的說。

「其實你爸爸是很好的木工。」村長說柯爸爸的木工在這附近是遠近馳名，非

常有生意的。

「可能他去南部比較有固定的收入吧！」家豪說父母一直在為錢的事情煩惱，才決定要下南部。

「好！我去找你爸爸談談。」村長一口答應。

「村長伯伯萬歲，你最好了，謝謝你幫我。」家豪開心的歡呼村長萬歲、萬歲、萬萬歲。

村長的意思是，村子裡也正在重建，很需要像柯爸爸這樣好的木工，而且政府會有經費撥下來，他可以用建設經費聘請柯爸爸來幫忙村子的工作，這樣柯爸爸就能留在村子，家豪也不用上台北。

「村長，有這樣的事？」柯爸爸聽到村長這麼說，他也非常高興，因為畢竟是自己的家園，他這把年紀到南部做工，真的也不習慣。

「如果有村長說的這個錢，我們兩個就可以留在村子裡幫忙，到外地住花費也多，在家比較能存錢。」柯媽媽的算盤一向打得精。

「是啊！而且以前村子裡也有孩子國中被送到台北的親戚家讀書，離開爸媽反而不好，我是不贊成這樣。」村長覺得國中這個階段正是孩子變化的時候，要讓他們安穩的成長，不要變動得太厲害。

「如果我們兩個都留在村子，當然也不會要家豪一個人上台北。」柯媽媽點頭稱是。

村長把這個好消息告訴家豪，家豪非常開心的說：「上帝真的有效！喔！不對！村長是我的上帝，是我的神！」

「一下是萬歲、萬歲、萬萬歲，一下又是上帝，我真的是太虛榮了。」村長笑著說。

「這下我可以留在村子裡，太棒了！」家豪高興得一個人跳起舞來，連村長都跟著他跳。

家豪拉著少冬和村長三個人，隨便亂哼歌，即興亂舞，這是從九二一地震之後，少冬最快樂的片刻。

「那麼星期一我們就一起推夏阿嬤去學校。」家豪很高興可以跟少冬繼續當同學。

「夏阿嬤為什麼要去學校？」這是村長第一次聽說這件事。

「我們怕夏阿嬤想不開，吳老師說讓阿嬤一起來上學，這樣少冬和少春可以看著她老人家。」家豪非常得意的說。

「對對對，要看著她，她成天都說不想活，我很怕村子再有第二個盧老先生，我那天從樹上把盧老先生抱下來的時候，心裡都在滴血，實在不希望再看到這樣的畫面。」村長說讓夏阿嬤去學校，這個主意好。

「村長，我也會幫忙看著夏阿嬤，你這麼幫我，我也一定會幫村長。」家豪對村長說。

「真的，我們家豪最棒了，村長希望你們都在這個村子快快樂樂的長大。」村長欣慰的說。

「那我們得要看一下路況，阿嬤坐輪椅去學校，不知道會不會不舒服？」少冬有點擔心。

「對耶！路況這麼差，阿嬤在輪椅上一定會震得亂七八糟。」家豪想到上學的路其實很長，這其實也很麻煩。

「我開貨車送你們一趟好了。村子裡的孩子都一起集合上學，或是至少也找個村民開車載你們一起去學校，這樣我也放心點。」村長想想，決定這樣做。

「村長真的是神一般的男人。」家豪的嘴甜，他不斷的褒讚村長，村長也照單全收。

07

種菜

村長邀約柯爸爸幫忙重建，雖然錢要等政府撥下來才能收到，可是自從他投入這個工作，村子裡的人都覺得柯爸爸開心許多。

「本來要去南部當工人，還不如幫忙村子重建當建築工，一家人也不用拆散。」柯爸爸和柯媽媽都這麼說。

也因為這樣，每天早上村子裡的孩子上學，幾乎都是柯爸爸開的車。

「不是村長要送我們去上學？」少冬問家豪。

「我爸說村長的事情多，一直到現在，還有很多重建的物資一直往村子裡送，他們有作業程序，滿煩人的。而且村長算了一下重建的規模和可以申請到的預算，才出了個好點子，讓我爸爸留在村子裡做工，我爸說可以幫忙村長就盡量幫忙。」家豪聽爸爸是這麼說的。

「夏阿嬤，妳也要上學了！」柯爸爸將夏阿嬤抱上貨車，少冬再將阿嬤的輪椅搬上貨車。村子總共有十多名的小朋友要一起去上學。

「這樣上學好好玩。」少春和她的同學都覺得自己好像變成菜一樣，要坐貨車上菜市場。

「那大家都坐好，柯爸爸要發動車子了！」柯爸爸吆喝著，小朋友們齊聲說好，也都會幫忙看著夏阿嬤的輪椅。

「夏阿嬤，妳也跟我們一起上學、一起畢業拿畢業證書喔！」家豪對夏阿嬤這麼說。

「我阿嬤都幾歲了還拿畢業證書啊？」少冬說家豪的想法還真驢。

「沒有的事，吳老師常說要活到老學到老。」家豪自從地震之後，在學校的課業進步許多，吳老師說的話他也都特別牢記。

「現在還有老人大學，阿嬤還可以拿老人大學的畢業證書。」家豪說少冬都不懂。

「那你乾脆說我阿嬤會拿台灣大學的畢業證書好了！」少冬說家豪拍馬屁愈拍愈過頭了。

聽到這裡，連阿嬤都笑了起來。夏阿嬤自從跟著上學之後，整天跟小朋友在一起，心情似乎好許多。

「像阿嬤這樣上學多好，有這麼多人陪她，也不用寫作業，我也願意上這樣子的學。」家豪笑著說。

的確，夏阿嬤沒有讀過書，她萬萬沒想到自從中風之後，她反而有機會上學，有時候她也會聽聽上課的內容。

「夏阿嬤、同學們都來了！」吳老師在校門口等著這車的學生。

「吳老師好！」大家一起跟吳老師打招呼。

「今天有很多客人來學校喔！」吳老師跟大家這麼說。

「為什麼會有客人？」家豪心想，這麼破舊的校舍，為何會有人特別來山裡頭參觀。

「是一群阿嬤！」吳老師回答。

「跟夏阿嬤一樣的阿嬤？」家豪心想，難道是很多人的阿嬤都想一起跟著上學嗎？

「是跟夏阿嬤差不多年齡的阿嬤，或許比夏阿嬤的年紀還大。」吳老師算了一下，是應該年紀都比夏阿嬤大才是。

果然進了教室，一大堆老阿嬤戴了聖誕老公公的帽子，來學校當起聖誕老婆婆

了！

「哇！好多聖誕禮物。」有同學發出驚呼，他們的眼睛望著講台上放的禮物盒子。

「各位同學，我們是日據時代的台北第一女高的校友。」這群二十幾位八、九十歲的老婆婆說道。

「本來今年開同學會要在台北開，有同學建議來山上看小朋友，順便送聖誕禮物來給大家打氣。」有位婆婆這麼說。

「聽說你們這班有位阿嬤跟你們一起上課，我們也幫阿嬤準備一份小禮物。」另外一位婆婆說。

少冬幫忙阿嬤把那份禮物打開，發現裡面是一條很大、很暖的披肩，少冬趕緊幫阿嬤披起來。

「其實離聖誕節還有段時間，竟然這麼早就收到聖誕禮物，真好！」家豪拿到禮物後開心的說。

「因為當聖誕老婆婆的感覺太好了！」有位婆婆這麼說，她希望大家都能感受到，其實台灣的各個角落，還是有很多人關心著災區的同胞。

這些婆婆到每個教室發送禮物，看著她們的背影，少冬忍不住對家豪說：「可以當個送禮物的人真好！」

家豪點點頭，附和少冬的說法：「我們長大了，也一起回學校當聖誕老公公，怎麼樣？」

「可是我現在還是伸手跟人家要禮物的人。」少冬低下頭、有點難過的說，他始終有種心有餘而力不足的感覺。

九二一地震之後，少冬把家裡的財務整理了一下，發現除了爸媽的貸款之外，家裡所剩不多，他也接受法律義工的建議，和妹妹少春都已辦理拋棄繼承，才免除代償父母的貸款。

好在慈善團體和政府的物資救援一直送進村子，少冬暫時不用擔心吃的問題，只是每次排隊領物資時，他總是會想到，總不能老是靠人家救濟吧？

於是少冬和妹妹就在原本倒塌的住家旁邊種起菜來，因為沒有錢買吃的，種菜最起碼會有菜吃。

阿嬤經過這一陣子的復健，講話的速度已經比較快，雖然比平常人還是慢，但總能說得多些，這一來可不得了，阿嬤的負面思想，就老是隨著她的話語傳播給周遭的人。

像她看到少冬和少春在種菜，阿嬤就會自怨自艾的說：「種菜有什麼前途呢？自己辛苦了一輩子，到頭來，都沒辦法給孫子、孫女一個好環境，活在世界上有什麼用？」

阿嬤在學校還好，可是只要回到家裡，阿嬤這樣的話就會說個沒完沒了，少冬簡直是煩死。

少冬和少春剛開始都一直用老師的話勸阿嬤說，假如我們把注意力放在好的事情上面，那樣事情就會擴大。

「阿嬤，妳不要一直煩，妳愈煩，可以煩的事情就愈多。」少冬對阿嬤這麼說道。

有時候少冬在聽完阿嬤這些嘮叨之後，會忍住氣，一個人跑到後山去咆嘯個幾句，他深怕自己繼續待在阿嬤身邊，他會跟阿嬤大吵一頓。

「少冬，你怎麼了？」跟在少冬後面的家豪，看到他竟然跑到樹林狂吼狂叫，他有點不太放心。

「沒有，就是我阿嬤會一直唸，真的把我唸得煩死了，到樹林裡來喘口氣。」少冬解釋著。

「我媽媽唸我的時候，我也常常想這樣做。」家豪說他完全瞭解少冬說的這些事情。

「可是阿嬤在學校都好好的，回家就會一直抱怨，我本來就覺得夠煩了，被她一唸更是受不了。」少冬老實的說，他在家豪面前是可以卸下所有的防備，說出自己心裡話。

「就像你來樹林裡大吼大叫，阿嬤大概也是用唸的，來抒發她自己的情緒。」家豪想到的理由是這樣。

「我也知道這樣，我爸媽死後，我很緊張，阿嬤更是緊張，她本來對錢就很沒有安全感，這下更是煩惱了。」少冬說道。

「你錢不夠嗎？我又有在存小豬。」小氣的家豪，自從少冬家變之後，總是對

他很大方。

「總是要自己想出賺錢的方法，不能坐吃山空。」少冬終於領教到現實的殘酷，家裡一直沒有收入進來，光靠以前的積蓄，總不是辦法。難怪阿嬤只要看到存款簿，就嘆氣連連。

「一定會有辦法蹦出來的。」家豪安慰著少冬。

「我和少春也還要上學，等到我國中畢業去找工作，也趕不及家裡的需要，難道要現在輟學嗎？」少冬嘆了口氣。

「就算你輟學，你也要知道自己可以做什麼？」家豪說這不是辦法，總要有更好的路數才行。

「真的都想破頭，還是不知道做什麼？」少冬苦笑著說。

「少冬，你喜歡什麼？」家豪問少冬。

「我喜歡當醫生，從小我就想當醫生，你不記得嗎？我最喜歡去藥房看人家配藥。」少冬答道。

「可是你現在也沒有醫生可以當。」家豪本來是想，從少冬喜歡的事情，可以想想他能做的工作。

「連配藥都要有藥劑師的資格，不能隨便配。」少冬有去問過，那需要執照，也要學歷。

「好像不用，我有聽過人家開藥房是跟別人租執照。」家豪真的很認真幫少冬想配藥的工作。

「我有問過，租一年要五萬元，我沒有錢。而且開一間藥房要不少錢，我現在沒辦法。」少冬搖搖頭。

「去打工呢？」家豪問少冬。

「這附近的都問過了，沒有藥房要我這樣打工的學生，連全職幫忙的人都不需要。」少冬說這附近就業機會本來就不多，所以柯爸爸之前才會想去南部當工人賺錢養家。

「少冬，你不要緊張，也不要煩惱，再撐一下，一定會有奇蹟出現的。」家豪這麼對少冬說。

「真的是這樣嗎？」少冬灰心的把頭埋進掌心。

「你看看我，本來都已經要準備行李上台北讀書，我爸媽都要去南部當工人，結果一下子情況就都不一樣了。」家豪以自身的例子鼓勵少冬，要他不要灰心，也不要放棄當醫生的夢想。

「我現在真的是不敢想當醫生了。」少冬說他只求種的菜都好好的長大，讓他們一家三口有得吃就好。

「少冬，我的好朋友，真的不可以放棄，有時候人的問題可以在幾分鐘內解決。」家豪是個很好的鼓舞者，加上原本就是以好朋友的身分為對方著想，誠心誠意為少冬加油打氣，字字肺腑之言。

「你真的盡力了，家豪，就一個朋友而言，你已經盡力了。」少冬對家豪這麼說。

漸漸的，救難人員和義工都離開村子，可是重建的工作還在如火如荼的進行當中……

「你知道嗎？我發現一件很誇張的事情。」家豪有天跟少冬說，他聽來一件很離譜的事情。

「什麼了不起的大事？」少冬這陣子的生活並沒有好轉也沒有惡化，對於家豪要說的誇張之事他完全猜不著。

「我們災區有間國中，就是離我們這裡最近的那間國中，他們校長竟然汙學生的營養午餐費！」家豪咬牙切齒的說。

「真的？」少冬不敢置信。

「是真的，連這種錢校長都敢汙。很多學生現在吃不飽，要靠營養午餐才有得吃，校長還敢貪這種錢。」家豪說那個校長還被抓了。

家豪繼續說：「不只是那個校長，聽說很多救災的錢也被有些中間經手的官員給汙了。」

「這種話不能隨便亂說。」少冬聽到這裡，心裡有點寒意冒了上來，他本來還指望能有些補助，讓家裡的生活好一點，原來政府很好多好意，還是有可能被別人攔截掉。

「如果被我知道誰汙了該給我們的錢，我一定去找他算帳。」家豪義正嚴詞的說道。

「我們災區會有什麼補助，你知道嗎？」少冬問家豪。

「我只有聽說房屋半倒和全倒都有補助，可是在認定上引發許多糾紛，村長現在煩這個事煩得要死。」家豪答道。

「可是那些錢能把房子蓋起來嗎？要不然我們要一直住在帳篷裡？」少冬問著家豪，他覺得天氣愈來愈冷，這樣下去實在不是辦法。

「村長說，已經有人要來幫忙蓋組合屋，這樣起碼有個住的地方。」家豪說道。

「這要錢嗎？」少冬不得不這麼問，因為只要一有動作，什麼都是要錢，現在這些錢的事都要他來煩惱。

「組合屋是不要。」家豪聽到的是這樣。

「結果像我這種狀況，到底要去哪裡找工作，而且是真的可以養家的工作，我還是不知道。」少冬煩惱的問家豪。

「反正你現在煩惱也沒有用，不如先好好種菜，把眼前可以做的事情做好。」家豪想了想，只能這樣跟少冬說。

「也只能這樣。」少冬無奈的點點頭。

不過少冬忍不住喃喃自語：「可是種菜有什麼前途呢？」不過他馬上警覺到，這是阿嬤的灰色思想，自己不能這麼思考，要像家豪說的比較對，只要堅持下去，一定會有奇蹟發生的。

08 阿土叔的發財車

少冬對於種菜的悲觀想法，沒多久就因為阿土叔而改變！阿土叔的發財車，以前總是裝滿了菜到村子裡來賣，自從發生九二一地震之後，他就變成只送菜來，怎麼樣都不肯收錢。

阿土叔總是說：「以前都是大家照顧我，也要換我回饋大家。」而且他聽到夏家父母活埋在旅館裡，對於少冬、少春更是多加照顧，看到兩兄妹開始種菜，他也會多加指點。

「少冬、少春，這是我吃到很好吃的南瓜、非常甜，我把種籽給你們，可以拿去種，就能種出好吃的南瓜。」阿土叔遞了一包南瓜籽給少冬。

「阿土，你家裡也有妻小，不要再送菜來了。現在菜那麼貴，你都拿來送，你們一家人要怎麼活？」村長忍不住說起阿土。

「我們還過得去，看到大家有飯、有菜可以吃，我就很高興了。」阿土叔憨憨的笑著。

「很高興可以當飯吃嗎？」村長直說阿土有夠呆的。

「我能做就讓我盡量做啦！村長，好不好？」阿土叔跟村長求饒，要他別再唸

老人家了。

「如果你硬是要用送的，不肯收錢，就把菜送到更裡面的深山，他們比較需要幫忙。」村長最後是對阿土這麼說。

「好啦！好啦！」阿土叔總是這樣敷衍村長，然後過一陣子又載了一車的菜進村子。

因為阿土叔有時候也會自己做豆腐，只是賣得少，因為光是批菜就夠忙的，他便把做豆腐的方式教會少冬和少春。

「原來做豆腐這麼簡單！」少冬發現，只要黃豆煮得夠濃，豆腐就會很好吃，其實非常簡單。

「本來就是很簡單，只是商人喜歡靠偷工減料賺錢，豆腐稀稀的就不那麼好吃。」阿土叔跟少冬解釋了商人做事的方法。

少冬後來跟家豪說：「其實賣菜也滿好的。」

「你阿嬤不是說賣菜沒出息。」家豪說上次還聽少冬這麼轉述阿嬤的說法。

「可是看看阿土叔，人家也可以撐起一個家，行有餘力還能幫助別人，又自己活得很開心，我每次看到他就覺得打從心裡高興起來，這樣不是很好嗎？」少冬分析給家豪聽。

「被你這麼一說，好像是這樣。」家豪是個騎牆派，只要朋友覺得好的事情，他也都覺得好。

「我那天在你的參考書上看到一篇文章，那個人自己開一家咖啡店，每次有人來他的咖啡店都覺得心情很好，環境又很漂亮，他說自己的咖啡店就像一座遊樂園，客人來了之後就能感染他的喜悅，這樣不是很好嗎？」少冬想了想，跟家豪討論有關工作的看法。

「你說得沒錯。可是我爸媽那一輩的人，都覺得要做很偉大的事業才是好工作。」家豪不以為然的說。

「我阿嬤也是這樣想，每次都說賣菜沒出息，我覺得像阿土叔賣菜就賣得很好啊！」阿土叔現在快要變成少冬的偶像。

「其實你爸爸以前就常被村子裡的人拿來當作成功的典範，大家都覺得要像他開個大旅館才好。」家豪從爸爸那裡聽來這些。

「這樣我壓力好大，現在連養活家人都不容易了。」少冬這才發現，以前有爸媽撐著，他的天空才可以這麼寬闊。

「你不要給自己太大的壓力，這樣會累死自己，盡量做自己喜歡的事就好。」家豪安慰著少冬。

少冬雖然不討厭種菜、做豆腐，可是真的做得很起勁的反而是妹妹少春，或許是跟她非常愛吃有關。

自從阿土叔教他們如何做豆腐之後，少春玩得非常起勁，她還跟少冬說：「哥哥，阿土叔教我們做豆腐的過程可以有豆漿和豆花，豆腐和豆花都有點像布丁，真的非常好吃。」

因為做這些都花費不大，少冬也就讓少春自己盡量去做實驗。另一方面，他也知道妹妹從小食量大，一下子要她為了省錢少吃一點，實在是太強人所難，也就讓她邊做邊吃，滿足口腹之慾。

阿土叔看少春做得很起勁，他甚至將壓箱寶也教給少春——就是做酵素。

「什麼是酵素？」少春問阿土叔，結果阿土叔也不太說得出所以然來，就把一疊資料給了少冬和少春，要他們兩個自己看。

阿土叔是「知難行易」的那種人，說不出道理，可是很會做酵素，他以前開發財車來賣菜時，還會有太太跟他買酵素喝，聽說喝了那個之後會很好消化、排便，反正聽起來是有病治病、無病強身的那種東西。

阿土叔幫人真的幫到家，第一次做酵素的水果、紅砂糖、冰糖、蜂蜜和菌種，他都幫夏家兩兄妹準備好，連大玻璃瓶也是阿土叔送的。

阿土叔和少冬、少春在夏家已經震掉一半的廚房，一步步的教他們做酵素，少春還非常認真的做筆記。

「這看起來很像酒。」少冬看到阿土叔帶來一大瓶做好的酵素，那種紫紅色真的很像葡萄酒。

「要注意過程當中不要有水，水果都要陰乾，要不然就會變成醋。」阿土叔提醒著兩兄妹。

到這裡，阿土叔說他已經把所有看家本領都教給少冬和少春了，接下來如果他們想開始賣菜的話，也可以問他，他一定把所有會的都教給他們，希望能讓他們獨立、養活自己。

聽到阿土叔這麼說，少冬心裡滿是感激。

其實不只是阿土叔，自從九二一地震之後，全村的人都在村口搭帳篷，大家反而變成像是一家人一樣。

「我們都受了老天爺給的艱難考驗，大家也一起承擔、一同幫忙。」村長老是把這句話掛在嘴邊，尤其大家都知道夏家父母雙亡，又有個中風的阿嬤在，對少冬、少春更是多點關懷。

少冬有一次半夜睡不著，他跑到帳篷外面看星星，結果一下子就好多鄰居跟他一起看。

有時候下雨，帳篷裡面的棉被都濕濕的，只要天氣一晴，即使少冬他們在學校讀書，還是會有鄰居幫他們把棉被拿出來曬。

雖然起初發物資時，會有村民故意拿一大堆囤積，深怕以後沒有，可是之後大家也都願意服從村長的分配，相信每個人都分得到，也就沒有那種像蝗蟲一樣爭先恐後搶物資的情形。

大家一起埋鍋造飯，吃大鍋飯的時候，有天少冬吃過烤肉，覺得口乾得要命，就跟少春說要喝水，結果四周的人總共遞來快十杯的水要給他，讓少冬以後在吃飯時再也不敢隨便嚷嚷要東西。

原本少冬以為，發生九二一地震之後，所有的村子大概都跟他們一樣，結果有次跟家豪到遠一點的村子去找人，發現那裡發物資時，還會有人搶不到要打人的，讓少冬覺得很奇怪。

「為什麼會這樣？」少冬回來問村長。

家豪一向會說話，裝做不可置信的回問少冬說：「你不知道我們這裡有一位很有名、很英明的村長嗎？」

「柯家豪，你真的是了不起的狗腿。」少冬自認沒有家豪這個本事，他實在沒辦法那樣拍馬屁，家豪有家豪的天才。

「那是因為人性是貪心的。」村長嘆了口氣這麼說。

「可是我們村子就沒有。」少冬覺得很奇怪，難道自己村子裡面的人，大家的人性裡面就沒有貪嗎？

「大家要互相多體諒，我們的家幾乎都震毀了，沒了家，村長就是要大家都能體會到這點。」村長這麼說道。

雖然村長也說不出什麼了不起的道理，他跟阿土叔好像都是知難行易的那派，不過村長分配東西是有他獨特的邏輯。

「村長幾乎都把所有的物資當成公用，不分配給各自的家庭，大家一起煮飯吃，也就沒什麼好搶的。」家豪私底下覺得是這樣。

「我們也都相信村長不會汙掉物資。」少冬說所有的物資都在村長手上，大家相信他，也就不會去爭。

也因為這樣，村子裡蓋的組合屋也比別的村子來得快，是這一帶最快蓋好的組合屋。

慶祝組合屋落成那天，少春把做好酵素分裝到每個人的杯子，送給村民喝，大家一起舉杯慶祝。

「我有點捨不得住在帳篷的日子。」少冬這麼說。

家豪也同意：「要住進組合屋了，好像有點不習慣。」

「我們還是可以保留帳篷吧！」少春說道。

村長搖搖頭說：「老是住在帳篷裡對健康不好，大家都要住進組合屋，我們一起把帳篷收起來。」

才喝完酵素、舉杯慶祝後，村長馬上指揮大家收拾起帳篷，他擔心大家住在帳篷久了會生病。

比較小的孩子都希望繼續住在帳篷裡，很多吵著不肯收，還在地上哭鬧。

「我不要，這樣好像在露營。」有個少春的學妹這麼哭著說。

「有人一年三百六十五天都在露營的嗎？」她媽媽氣呼呼的說，覺得這個孩子怎麼這麼不講理。

「我們在帳篷玩躲迷藏也比較好玩。」賴在地上的小女孩，硬是巴著帳篷不放，說什麼也不肯起來。

「反正到組合屋還是可以玩躲迷藏，妹妹乖，起來讓媽媽收帳篷。」少春好言的勸著那位小妹妹。

「我們少春長大了，她以前可是個不管事的大小姐，只顧著吃而已。」少冬看到少春勸學妹的樣子，他笑著跟家豪這麼說。

「少冬也是，你才這麼小，已經開始要撐起這個家。」柯媽媽在一旁微笑的對少冬說。

「大家都很照顧我和妹妹，不是我撐起這個家，是跟著大家一起吃飯、一起住在帳篷裡撐過來的。」少冬由衷這麼想。

少冬並沒有說錯。可是……眼睛看出去的人性，也不是無時無刻都這麼善良……

少冬自己學著到山裡面去採竹筍，結果遇上隔壁村的同學小五。

小五的父母跟少冬的父母一樣都被活埋，可是他們所在的那區，因為地形的緣故，容易繼續開挖，於是挖出小五父母親的遺體；小五找人幫忙做棺材、看墓地，要把父母埋在附近的山裡面。

「小五，這兩個人是誰？」在山裡遇上小五的少冬，看到小五跟著兩位大人上山來，順便問起。

結果這時候，那兩位大人突然交談起來，不過不是用平常說的國語，可是少冬知道他們在說些什麼。

少冬的阿嬤是客家人，少冬聽得懂他們正在說的客家話，結果他們說的內容讓少冬雞皮疙瘩都起來了……

原來這兩位大人正在商量，覺得小孩子好騙，要把一塊已經埋有別人屍骨的墳地賣給小五。

「小五你來一下。」少冬說有些功課的事情要跟小五說，希望別讓別人聽到，把他拉到一旁。

「他們真的這麼說？」小五聽完少冬的說明，覺得怎麼會有這種無情的人，當場想去揍那兩個賣地的人。

「你別這樣，這裡是深山野地，我們兩個不見得打得過他們兩個，如果發生意外，那真是得不償失，我們都還有家人要照顧，千萬不能有所閃失，要替家人保重自己。」少冬勸著小五。

「算他們兩個好運。」小五照少冬的說法，跟他們說因為家裡的經濟需要多考量，先婉拒他們推薦的這塊地。

「好巧，在這裡遇上你，竟然你還聽得懂客家話，老天爺真厚待我。」小五非常感謝少冬。

「沒有的事，我們本來就是同學。這真的沒有什麼。」聽到小五這麼感謝，少冬有點不好意思。

「你來山裡挖竹筍做什麼？」小五聽到少冬上山來練習挖竹筍，他不太明白少冬練習這要做啥？

「我正在種菜、做豆花、做酵素，過些日子要學著開始賣菜。」少冬說著他的計畫。

小五還來不及說話，他們另外一個同學，也就是柯家豪，在山裡面不斷的叫著少冬的名字。

等到家豪看到少冬和小五在一起，他也來不及驚訝，只是上氣不接下氣的想要說話……

「少冬，你……」家豪喘到說不出話來。

「你慢點說，我們另外一位同學在這裡，你怎麼這麼沒禮貌，連招呼都不打一聲？」少冬取笑著家豪。

「沒空、沒空……說這些……」家豪跑得太快又跑得太久，到現在都還沒說出重點。

「什麼了不起的事？」少冬覺得家豪怪透了。

「你阿嬤不太對勁，好像又中風了。」家豪說出讓少冬驚嚇不已的狀況。

09

黑暗與光明

「怎麼會這樣，阿嬤最近復健得還不錯。」少冬在奔回家的路上一直這麼對家豪說。

「是啊！我也覺得比起地震前，她說話清楚多了、也快多了。」家豪認同少冬的說法。

「她最近是有點感冒。」少冬說阿嬤這幾天是不太舒服，好像感冒、感冒的樣子。

「可是剛剛有義診團來村子裡，她就是去看感冒，可是左半邊的手腳都沒力，醫師初步診斷是二度中風。」家豪解釋給少冬聽。

「是我和妹妹沒有照顧好阿嬤，連她老人家中風了都不知道。」少冬有點埋怨自己。

「你才多大啊！」家豪說畢竟不是專業的醫生，怎麼會判斷得精準，要少冬別怪自己。

「我還妄想要當醫生，自己阿嬤都沒照顧好。」少冬說自己真的是有夠不孝，二度中風的阿嬤這下子不是很危險？

「義診團幫她轉到山下的醫院，少春跟著去。你趕快回去，我爸會開車載你到醫院。」家豪說村長要他趕緊上山通知少冬這件事，要他放下手邊的工作，到醫院聽聽醫師怎麼說。

柯爸爸的貨車已經在村子口等少冬，家豪遠遠的跟自己爸爸揮揮手，少冬則是跑到貨車的前座旁，開了車門旋即坐上去位置。

「你們開車小心點。」家豪跟爸爸和少冬揮手。

「會的，你回村子幫忙。」柯爸爸囑咐著家豪回村子裡，看村長有沒有什麼事情需要人。

「柯爸爸，我阿嬤還好吧？」少冬問著柯爸爸。

「我也不是很清楚，剛才是少春陪阿嬤去義診團看病，結果醫生一看非常震驚，覺得阿嬤是二度中風，趕緊叫救護車來載她下山住院。」柯爸爸把他知道的告訴少冬。

「希望沒事啊！」少冬在心裡祈禱著。

「對了！你有沒有幫阿嬤繳健保費？」柯爸爸想起這件事，他說住院如果健保卡鎖卡，阿嬤可能會沒辦法住院。

「我有，手邊還有點錢，阿嬤的身體不好，我有記得繳健保費。」少冬猛點頭，這麼重要的事他沒忘記。

「我後來也聽說健保費的事情其實不用擔心，政府有補助災區的健保費。」少冬跟柯爸爸解釋。

而且少冬在心裡想著，上次家豪抱著小豬撲滿給他，就是要他千萬記得繳健保費，他怎麼能忘記？

到了醫院，醫師替夏阿嬤做了核磁共振照影檢查，確定她腦內血管硬化合併右側額葉缺血性腦中風，醫院方面是建議控制夏阿嬤的血糖、血壓、血脂肪，並進一步做血管檢查。

「我們一直以為阿嬤這幾天不舒服是感冒，完全沒想到是二度中風。」少冬滿臉愧疚的樣子。

「沒關係，這不是一般人能判斷出來的，不要隨便責怪自己。」醫師還問了夏阿嬤的飲食狀況，發現她非常喜歡吃醃製食品，醫生要少冬和少春注意阿嬤的飲食，最好把那些東西都丟掉。

「我也覺得那些東西都太鹹，可是阿嬤就是喜歡吃。」少冬對於老人家的飲食習慣有點莫可奈何。

結果阿嬤住了幾天，得付一筆醫藥費和住院費給醫院，可是這筆錢掏出去後，少冬真的快要捉襟見肘了，不過醫藥費又不可能不付，他硬著頭皮到櫃台繳費，柯爸爸也來幫忙接阿嬤回家。

「錢還夠嗎？」柯爸爸緊張的問少冬。

少冬勉強的點了點頭，但是他心想，一定要開始賺錢了，要不然家裡的米缸真是會見底。

「山上不斷有人來義診，剛剛有個老中醫過來村子，很多人傳說這位醫生是個神醫，要不要讓阿嬤去看看？」開車的柯爸爸問少冬。

「才剛看西醫，馬上去看中醫，如果拿藥會不會相衝？」少冬對中醫不熟悉，也從來不覺得正式的醫療應該如此。

「反正是義診，讓阿嬤去看看，聽聽那位老中醫的說法也不錯。就是把個脈而已也沒有損失。」柯爸爸強力推薦那位中醫，只差沒有把「死馬當活馬醫」這樣的話給說出口。

「問問阿嬤的意思好了！她自己是病人，由她判斷。」少冬把這件事推給阿嬤，本來想說阿嬤一定怕看醫生，結果聽說是義診、不要錢，阿嬤就願意去看看那位老中醫。

那位老中醫姓金，金醫生知道夏阿嬤才剛剛二度中風，也才從醫院出來，金醫生並沒有幫夏阿嬤開藥，只是幫她針灸。

「我最近每天傍晚都會來村子，你就推阿嬤來針灸。」金醫生跟少冬、少春這麼說。

「醫生，針灸要不要錢？」少冬非常緊張這個問題，他實在沒辦法負擔針灸的治療費用。

「不用，已經說是義診，怎麼可能針灸跟你另外收一筆錢，這樣就枉費義診的用意了。」金醫生要少冬別操心。

少冬是真的鬆了一口氣，平常少冬和少春上學的時候，村子裡會有鄰居輪流幫

少冬他們顧阿嬤，等到少冬放學回來後，他就背著阿嬤去金醫生那裡針灸。

不知道是西醫的藥有效，還是金醫生的針灸有效，阿嬤真的復原得不錯。

「阿嬤……拖累……你們……」只是阿嬤一直說著這樣的話，她覺得自己耽誤了兩個孫子、孫女。

「阿嬤，有妳這個阿嬤，我們才有努力的目標，我們就是要努力讓妳過好日子，妳不要這樣說啦！」少冬勸著阿嬤。

「是啊！阿嬤，我還要做很多好吃的東西給妳吃，妳要快一點好起來。」少春是三句不離吃字。

「走的……應該……是我……」阿嬤二度中風之後，說話又開始緩慢起來，可是說來說去還是那些話。

為了家裡的經濟，少冬決定一大早在上學前，把一些挖來的竹筍和自己種的地瓜先拿到比較遠的菜市場去賣，有些買菜的家庭主婦特別喜歡這種小攤的菜販，因為比較沒有農藥的汙染。

可是這麼一來，少冬早上六點以前就要出門，走路到那個很遠的菜市場，才能趕上早市，賣完後再去學校上課。

「哥哥，真的要這樣做嗎？」少春問少冬。

「家裡快要連一塊錢都沒有了。我一定要想辦法開源，要不然我們三個要怎麼活？」少冬說道。

「那要不要我幫忙？」少春也想幫忙。

「先不用，妳還是好好上學，我先試試看。」少冬搬出做哥哥的樣子，要妹妹好好讀書。

結果生意還算不錯，每天少冬拿去賣的菜都能賣完，收到客人的現金，少冬也覺得踏實許多。

有天早上，少冬照例一大早上菜市場賣菜，有位爸爸旅館以前開除的員工小羅，在菜市場看見少冬。

「哎喲，我們家旅館的小少東竟然變成賣菜的喔！」語氣非常的酸，也難聽至極。

少冬不想理小羅，他來這裡賣菜是為了餬口，不是為了招惹麻煩，他犯不著發脾氣，他在心裡這樣告訴自己。

「這把地瓜葉多少啊？」小羅蹲下來拿起一把地瓜葉問少冬，還問了別的菜一斤多少。

少冬據實以告後，小羅拿著地瓜葉，丟下一張鈔票說：「看你可憐，不用找了，我的前少東。」

小羅丟鈔票的方式簡直像是扔給乞討的乞丐一樣，極端不客氣，少冬心裡滿是憤怒……

菜市場裡來往的人很多，很多人的眼睛此刻都注視著少冬，可是他真的需要那張鈔票，只得硬著頭皮、默默把鈔票塞進口袋裡，繼續招呼著來往的客人，不過他覺得自己整個臉都是滾燙的。

少冬的頭並沒有抬起來，所以沒發現一大早在菜市場裡，有位他熟悉的人目睹了這一切……

這個人是義診的金醫生。

傍晚放學時，少冬照例背著阿嬤去給金醫生針灸，阿嬤躺在病床時，金醫生把少冬叫到診療室去。

「金醫生，我阿嬤是怎麼了嗎？難道是病情變嚴重了？請您跟我老實說。」少冬緊張的問金醫生。

「沒有、沒有，阿嬤的病情控制得很好，我只是有件事要找你商量。」金醫生說道。

「找我商量？難道你覺得阿嬤要開始吃中藥？」少冬反問金醫生。他上次陪阿嬤去醫院回診時，西醫是說吃中藥也沒關係，只要時間錯開即可，少冬本來就有意問金醫生這件事。

「我今天在菜市場看到你在賣菜？」金醫生提及這件事。

「是的。」少冬說他沒有看到金醫生，真是不好意思，他的確每天一大早要去菜市場做生意。

「家裡是靠你賺錢？」金醫生問起少冬。

「爸媽都走了，一天天坐吃山空，我得找點事做，讓家裡有收入，畢竟現在我們家只有我一個男生，我要扛起家計。」少冬老實的對金醫生這麼說，很奇怪，在金醫生面前，少冬好像什麼事都能說，一點都不會隱瞞。

「我觀察你和你妹妹好一陣子了，我是這麼想，不知道你和妹妹願不願意來我的中醫診所幫忙，我要來這一帶開中醫診所，將來病人都要到診所來，我還是要有自己的診所治病比較方便。當然，我會給你們兩個薪水，你們也可以跟著我學中醫。」金醫生說出他的提議。

「這……」少冬完全沒有想到會有這種事，他從小很想當醫生，可是在他的觀念裡，醫生就是西醫，他沒有想到現在竟然有個機會學習當中醫，這完全超出他的想像。

「你們兩個課後來幫忙，我會給你們一個大人的薪水，這樣你們覺得如何？」金醫生問道。

「真的是很謝謝你，謝謝你……」少冬不住的道謝，畢竟這是一筆不少的收入，村子裡的大人也不見得有這樣的機會可以有穩定的收入。

「先不要謝得那麼快，我等於是收你和妹妹當入門弟子，我對學生是非常嚴格的。」金醫生說少冬現在還是病患家屬，所以不知道他的厲害，等到當他的學生之後，再來謝他都不遲。

「可是，金醫生，為什麼是我？」少冬不太明白，每天上金醫生這裡義診的人這麼多，為什麼金醫生會挑上他。

「以後有機會再告訴你，我這裡還有病人，你阿嬤應該針灸的療程也結束了，先帶她回家吧！」金醫生對少冬說。

「好的，我也要回家去跟妹妹說這個好消息，她一定也很高興。」少冬背著阿嬤，歡欣鼓舞的回家。

正好家豪到少冬家的組合屋，少冬就同時把這件事跟家豪和阿嬤、妹妹說，大家都覺得不可思議。

「我就說吧！你只要繼續撐下去，一定會有奇蹟出現的。」家豪說他自己快要變成柯鐵嘴了。

「要……努……力……」阿嬤非常高興，她覺得金醫生是有心要栽培少冬、少春兩兄妹。

「阿嬤，妳看，賣菜還是有出息的。」家豪跟阿嬤說，家豪一定是賣菜認真，被金醫生賞識。

「醫……生……」阿嬤似乎也把那個少冬的醫生夢給重拾回來，原本以為夏家爸爸過世之後，這件事就離少冬遠去。

「可是，我沒有想當醫生啊！」少春不明白的問道。

「夏少春，妳去學中醫很適合，妳不要當醫生，不過可以學好吃的中醫料理。」家豪說金醫生的眼光真好，少春可能比少冬更適合學中醫。

「那叫做藥膳好嘛！沒有人說中醫料理的。難道還有西醫料理？」少冬說家豪的料理卡通看多了，只知道這個名詞。

「好像很有趣。」少春覺得這個點子不賴，她的確有興趣。

「而且阿嬤二度中風時，西醫也有要阿嬤不要吃醃漬食品，可見吃東西真的很重要。」少冬說給少春聽。

「有，那天我也有聽醫師這麼說。」少春說住院那天，她也在那裡聽到醫師耳提面命，說阿嬤的三高一定要飲食控制。

「我要快點回家去跟我爸媽說這個好消息，我就知道我的眼光好，我的朋友就是與眾不同。」家豪非常開心得知這件事。

「家豪，謝謝你為我高興。」想到早晨小羅的那一幕，少冬本來覺得今天是他非常倒楣的一天，沒想到老天爺竟然有辦法把最倒楣的事情變成他最開心的事，這實在是太奇妙了。

10 賣菜

金醫師跟少冬和少春說好，下個星期一他們放學後到金醫師的診所幫忙，然而這個週末少冬還是準時去菜市場賣菜。

「哥哥，反正金醫師會給我們薪水，你就不要去賣菜了。」少春問起少冬，她覺得哥哥不用這麼累。

「我們還是有點危機意識，雖然有金醫師那裡的收入，可是賣菜多多少少也是賺，賺多少是多少，不去可惜。」少冬自從要養家之後，整個人的想法都不一樣了，他不怕辛苦，只希望這個家愈來愈好。

一大早，少冬帶了種的菜，照樣到菜市場報到，等到人潮熱鬧時，少冬又看到小羅走了過來。

「少冬少爺，還不放棄啊！還是繼續要賣菜？」小羅的口氣照樣不好，繼續挖苦著少冬。

「先生，你之前拿過我們的地瓜葉，今天再帶一把吧！我們種的地瓜葉非常嫩、又好吃。」少冬跟小羅做起生意。

「可憐啊！今非昔比。」小羅賊賊的笑著。

「不會啦！每個階段有每個階段的快樂，可以踏實的養活阿嬤和妹妹，我覺得很幸福。」少冬心安理得的說。

「真的嗎？我看你是苦中作樂吧！」小羅露出疑問的口氣，可是整個人的氣燄不若之前那麼囂張。

「這位先生，我之前看過你。真的不知道你對這位勤奮的孩子這麼刻薄做什麼？做人不要這樣。」有位陌生的太太忍不住替少冬打抱不平。

「妳……」小羅為之語塞。

「現在這樣的孩子不多了，我們應該鼓勵他，而不是冷嘲熱諷，你說對吧！」這位太太繼續說道。

「哼！」小羅說不過她，自己摸摸鼻子走人。

少冬很感激這位太太替他說話，不過他一點也不會為小羅的事生氣了，他知道自己不是別無選擇，只是要透過這樣的方式鍛鍊自己，所以小羅怎麼刻薄他，其實他不會放在心上。

「原來都是我自己的心在做判斷。」少冬發現沒隔幾天，同樣一件事，他整個人的看法、情緒都不同。

少冬在菜市場裡會遇上形形色色的人，當然在菜市場，想要佔點便宜的人居多，他也會在這些互動中發現自己不同的面相，少冬在心裡對自己說：「假如我可以跟這麼多的人相處都不發怒，那我就成功了！」

那天從菜市場回來，少冬整個人非常輕盈，哼著歌走回村子。

「你今天在菜市場碰到甚麼好事？」家豪遇上少冬，看他心情這麼好，忍不住問起少冬發生什麼事？

「沒啦！去菜市場就是賣菜，能有什麼事？」少冬覺得家豪的問題也很妙，問得沒頭沒腦。

「看你樂得很，想必今天生意很不錯？」家豪問少冬。

「差不多！每天都差不多是這樣。」少冬答道。

「可是你看起來不太一樣。」家豪堅持他的想法。

「只是想到這一陣子發生很多事情，比我從小到大發生的事都多。」少冬回想起來，他看到很多人性不同的面相。

「怎麼了？」家豪不知道少冬在說什麼。

「我上次在山上碰到小五，看到有人連別人落難時都還要挖人家一筆；在菜市場賣菜，遇到我爸以前的員工，他看到我卻想盡辦法要羞辱我。這些都讓我很難過，也覺得人性可鄙到了極點。」少冬說道。

「你這些事從來沒有對我說過。」家豪發現這些事情他都第一次聽少冬說，虧他自己以為是少冬最好的朋友。

「爸爸、媽媽過世之後，我覺得自己真的很倒楣，還沒成年就要挑起家計，這從來不在我的計畫之內，覺得對人生抱著計畫又如何？老天爺打個噴嚏就什麼都要重來。」少冬有感而發的說。

「是啊！我也這樣覺得。」家豪點點頭。

「可是，我今天發現吳老師說得沒錯。」少冬興奮的說。

「吳老師說了很多事情，她是哪點說得沒錯？」家豪說吳老師的工作就是說很多事情，要少冬說清楚一點。

「老師說，這個世界本來就有好有壞，與其讓自己抱怨，倒不如把注意力放在那些好事上面，我們的焦點放在哪裡，那些事情就會放大、增多。」少冬說少春也記得吳老師說的這件事。

「我也有印象。」家豪同意的說。

「仔細想想，我的生命中已經有很多好事。有你這個愛錢如命卻願意把撲滿交給我的好朋友；有這麼多的村民視我為家人；還有阿嬤、妹妹這兩個讓我想保護的對象；吳老師那麼重視我們這些學生。我擁有的已經很多了！」少冬細數這些恩典，要不是有小羅這個反派角色，若非他盡情的演出，他怎麼會發現生命中有這麼多值得珍惜的人事物？

「你還忘記一個人，就是金醫師啊！他願意請你和少春，解決你生活費的問題。」家豪提醒少冬。

「是的！是的！」少冬滿心同意。

而且少冬稍後才得知，這位金醫師的來歷真的不小。金醫師的年紀也七十多歲，他本來不是個中醫師，而是一間大型半官方色彩的民營機構裡的最高總務主管。

「那他怎麼會來當中醫？」家豪問起說這些事給他聽的少冬。

「他是老家在大陸時，開的是世代相傳的藥房，他在那個環境下自然而然學會中醫。」少冬聽到的消息是這樣。

「難道金醫師也是像我以前說的那樣，跟人家租中醫師執照？」家豪問少冬，金醫師該不會是密醫吧？

「他有考上中醫師執照，可是沒有多認真就考上，當時也沒有想以此為生，考上執照就晾在那裡。」少冬說明著。

「真是個奇人，就是當總務主管，莫名其妙被人家發現會中醫。」家豪說這也真是奇了。

「好像是他們公司的總經理得癌症，怎麼看都醫不好，結果被金醫師知道之後，問他願不願意試試中醫，對方同意後，金醫師就替他診脈、針灸、下藥，結果把總經理醫好之後，金醫師是個神醫之名就傳遍各地。」少冬是從金醫師的老病人那裡聽來，他說他是金醫師的老同事。

「那他繼續在民營機構上班，又來當中醫師？」家豪對金醫師這個人也愈來愈好奇了。

「沒有，他在老家，因為全家人都是中醫，他從來不覺得這種本事有任何神奇之處，醫好人家的癌症還是不覺得有什麼了不起，繼續上他的班，只是絡繹不絕來請求他看病的病患愈來愈多，他等到退休之後，才開始正式行醫。」少冬說金醫師真可以拿來畫本漫畫叫做《怪醫金醫師》。

「很像！」家豪也同意。

「而且他的病人都說，想要拜他為師的人很多，金醫師都不肯收。」少冬講到這裡，有點替自己和妹妹高興。

「因為不覺得有什麼了不起，從小就會，隨便考就考上中醫師，大概也沒有成就感。」家豪愈說愈覺得好笑。

「真的就是這樣，他的病患都這麼說。」少冬轉述聽來的說法。

「可是他退休後，會真正出來行醫也是奇怪。」家豪想不通這點。

「好像本來只是在他家的頂樓加蓋那裡幫些認識的人看診，他也沒有收費，就是讓人自由樂捐，他再捐給自己信仰的宗教團體。被醫好的人就會再介紹人，到處又有人邀他去義診，病患就愈來愈多，一定要有個診所才能收拾這一切。」少冬解釋道。

「這個醫生真得是奇葩，我聽上次有給他義診的病患說，他針灸的時間都比別人長很多。」家豪一直很像問為什麼要這樣。

「我阿嬤也是，等我有機會再問金醫師。」少冬對金醫師充滿了好奇，更對金醫師挑上了自己和妹妹感到不可思議。

「你要好好把握這個機會，當上個名醫，我如果有個同學是名醫，那我不知道會有多高興。」家豪高興的說。

「家豪，謝謝你這麼支持我，那你呢？你有什麼自己喜歡做的事情？」少冬問起家豪。

「我真的不知道自己要做些什麼？我只知道自己很愛錢。」家豪挖苦著自己。

「我是從小就對當醫生這樣的事很有興趣，可是真的沒想到有機會當中醫。」少冬覺得這簡直是出乎他的意料之外。

「或許以後我幫你開家中醫院，你好好當醫生，我來幫忙收錢。」家豪說這樣他們還是兩個人可以混在一起。

「可是我當醫生並不是想賺錢！」少冬覺得家豪這樣的提議並不恰當。

「當醫生當然是為了要幫忙病人治病，賺錢只是『副作用』？」家豪呵呵的笑著，他覺得自己這樣的說法很俏皮。

「你自己都覺得好笑吧！」少冬揶揄著家豪。

「你看吧！你又有一樣很好的事，就是這麼年輕就知道自己要做什麼！很多人讀完大學都不知道自己可以做些什麼？」家豪說他可能要活到老一點，才能清楚自己要做的事。

總之，星期一放學，少冬先把阿嬤託給鄰居，他帶著妹妹準時到金醫師的診所報到。

「你們兩個來了。」金醫生和少冬、少春打招呼，然後就要兩個孩子到他的辦公室來。

「金醫生，有什麼吩咐？」少冬問金醫師。

「你上次不是問我，為什麼會找上你和妹妹嗎？」金醫師問起少冬和少春，要他們說說看自己覺得的理由為何？

「金醫師想幫助我和妹妹。」少冬第一個想到的是這個。

「那是其中一小部份而已，災區那麼多可以幫助的人，我幫也幫不完。」金醫師這麼說道。

「我們兩個是好孩子。」少春天真的說。

「也還好，我知道妳很愛吃，可是不知道妳是不是個好孩子。」金醫師才認識少春沒多久，已經知道她很愛吃。

「金醫師，你就直接告訴我們兩個吧！」少冬央求著。

「我知道了！金醫師想幫忙阿嬤。」少春想說既然不是為了他們兩個，應該是為了阿嬤。

「倒也不是。」金醫師還是否認。

「我猜不出來，請金醫師跟我們直說吧！」少冬覺得聽聽金醫師直接說會比較明快，比他們這樣沒來由的猜來得好。

「我發現你們兩個是很受教的孩子。」金醫師說道。

「我聽不懂這是什麼意思？」少春完全不明白。

「我也不太明白。」少冬一樣在狀況外。

「你們陪阿嬤來針灸的時候，我發現說你們什麼，不管是好話或是壞話，你們會聽得進去。」金醫師解釋著。

「從什麼地方可以看出來？」少冬完全不記得自己在金醫師面前，什麼時候表現過這點。

「都是一些小事而已，反正在義診的時候，我給你們意見，即使是直接批評你們，像是說你們沒有照顧好阿嬤的飲食，你們也都能聽進去。」金醫師說這是很重要的好個性。

「我們本來就沒有照顧好阿嬤的飲食。」少冬一直對這點感到很抱歉。

「現在的孩子是聽不得人家說的，說他們一句，孩子的嘴就翹得高高的，彷彿我對不起他們一樣。」金醫師說現在年輕人讓他見識到，還沒成氣候就已經心比天高。

「我們兩個已經沒有爸媽教了，有人願意教我們，我和少春是應該感到高

興。」少冬這麼說道。

「應該是你們爸媽，之前把你們帶得很好，這才是父母留給你們最好的寶藏，比留財產給你們都來得好。」金醫師稱讚起少冬的父母。

「金醫師，你覺得我們父母真的很棒嗎？」少春可愛的問金醫師這個無厘頭的問題。

「當然囉。我剛剛不是在說這個。」金醫師笑起來。

「那我和哥哥就有替爸媽爭光，這樣他們兩個在天上一定會很高興的。」少春抓著剛剛從金醫師那裡拿到的仙楂餅，邊吃邊說。

「除了這點以外，金醫師還覺得我和少春有什麼值得帶的？」少冬還是不很清楚金醫師到底覺得自己哪點好？

「剛剛說的那點就已經足夠，只要你們帶著那樣一顆願意被教育的心，我就有把握把你們帶好。」金醫師說道。

看到兩個孩子還是一臉茫然，金醫師要他們不必急著想通這點，將來多的是機會弄清楚。

於是少冬和少春就在金醫師的診所開始上班，開始兩個人的中醫學習之旅。不過金醫師果然沒說錯……

當金醫師的學生實在是比當他的病患難上幾萬倍。

11 繼續種菜

要取得中醫師資格、當合格的中醫師，一定得參加考試院的考試。聽金醫師的解釋，有一條路是像金醫師一樣，通過中醫檢考、特考即可。

另外一條路則是報考大學的中醫科系，拿到畢業證書再考中醫高考，這樣當然就是合格中醫師。

不過，像金醫師那樣輕鬆考過中醫特考的簡直是奇葩，很多人都是考了好幾年才考上。

夏阿嬤聽到少冬簡要解釋當中醫的方式，她也覺得這是一條路，反正少冬還年輕，只要在金醫師這裡好好學習，要考個幾次中醫特考都不是問題，最起碼眼前的生活問題是解決了。

「夏……醫……師……」阿嬤已經開始在做夢，想像少冬考上中醫師是怎樣的情況。

「阿嬤，這樣不公平，我也可以是夏醫師！」少春看到阿嬤只對少冬稱呼夏醫師，他直呼這不公平。

「妳自己又沒有多想當醫師。」少冬說少春抗議得沒有道理，畢竟當醫師是少

冬的夢想，也不是少春的。

「所以我也不明白為什麼要找我去中醫診所，不過每次經過中醫診所，聞到中藥的味道，我就覺得很舒服，去那裡打工也不錯。」少春還說冬天很多好吃的東西都會放中藥，她就當去蒐集好吃的配方好了。

「金醫師一定看穿了這點。」少冬笑說。

「阿嬤，我們放學要直接去金醫師的診所打工，那妳要好好在鄰居家等我們回來，不要鬧脾氣。」少春跟阿嬤撒嬌的說。

阿嬤慢慢的點點頭說：「好！」

「我會問金醫師要怎麼幫妳復健，讓中風好得快一點。」少冬覺得這份工作實在不錯，最起碼阿嬤首先受益。

可是到金醫師的中醫診所報到後，少冬和少春就發現這份工作不是很好做……

因為金醫師問診問得非常慢，雖然這也代表他把脈、診斷非常仔細。而且金醫師跟別的中醫師最不一樣的地方是他針灸的時間，病患躺著針灸幾乎要躺上一個鐘頭，大概是別的中醫診所的四到五倍。

「為什麼要這麼久？」少冬曾經問過金醫師。

「以前在我們老家，躺針都要躺上一個時辰，就是兩個鐘頭。針灸是把阻塞不通之處疏通，當然要花上多點時間，再加上藥下得準，病人當然容易好得快。」金醫師的說法是這樣。

「既然如此，為什麼別的診所不這麼做？」少冬心想，如果躺針躺夠久就容易好，大家都這麼做就得了，不是嗎？

「一個病人佔一張病床一個小時，醫院就少做很多生意。」金醫師覺得這應該是商業考量造成的。

「有這種事？」少冬覺得不可置信。

也因為什麼都慢，少冬和少春每天很容易搞得很晚才回家，金醫師當然會顧慮他們兩個小的要上學，會早點放他們走。只不過該做的打掃、清潔，其實都不能少做，少冬和少春根本不得閒。

「而且中醫的書好難讀！」少冬和少春都對讀醫書視為難事，金醫師的教法很老派，總覺得什麼都先背下來再說，夏家兩兄妹等於下了課後，上個班所讀的讀書

還比學校多。

「而且金醫師好固執、好主觀。」少春有時候會對來家裡的家豪抱怨，她說金醫師簡直就像個軍人一樣，在各方面都一絲不苟。

診所有個員工是幫忙煎藥的，按件計酬；有一次她就強力勸說一名病患吃水藥而不是吃粉狀的科學中藥，像怕自己沒生意似的，被金醫師知道之後，立刻就開除了那名員工。

「我這樣子是對病患好、診所好，我做錯什麼？」這名員工不服氣的對金醫師怒吼。

「妳懂什麼？科學中藥不見得比水藥差，只要對症，劑量下對，效果一樣好，妳這樣簡直就是強迫推銷的業務，到底我是醫師還是妳是醫師？」金醫師非常生氣這名員工的行為，要她再也不准踏進醫院一步。

「好可怕！」少春看到金醫師罵人的兇樣，她嚇得直冒冷汗，躲在哥哥少冬的背後，深怕被金醫師的颱風尾掃到。

還有一次，負責進藥材的員工，私自換了一家藥商。偏偏金醫師的鼻子非常靈，他經過時稍微聞了一下，就嗅到不對勁，金醫師於是震怒、詳查，果不其然抓到員工私下拿廠商的回扣。

「什麼不好學，去學拿回扣的這種事。」金醫師罵起這名員工，差點要拿掃把揍他，最後當然也是開除了結。

「難怪金醫師要找受教的人，他這個樣子，也只有能受教的人可以待在他身邊。」少冬偷偷對家豪這麼說。

「好可怕！我一定沒辦法待在金醫師旁邊，光聽就很恐怖。」家豪說這年頭願意吃苦的人並不多。

看到被開除的員工這麼多，少冬和少春平常都小心翼翼，而且更不敢放棄種菜、賣菜的工作。

「說不定哪天就被開除也說不定。」少冬的心裡非常有危機意識，他和少春都說皮要繃緊一點才行。

可是學中醫也有好玩的事情，像少冬最近就學到四逆湯這帖科學中藥很好用，他還抓家豪一起來做實驗。

「這真的能這樣吃嗎？」家豪跟著少冬到溪邊游泳，要下水前少冬要家豪跟他一起吃一匙的四逆湯。

「放心啦！我不會害你的，害你對我又沒有好處。」少冬看到家豪怕成那樣，直說他膽小。

「我哪知道你是不是拿我當中醫的白老鼠？」家豪說自己不是膽小，而是覺得不明究理。

「所謂的四逆湯，就是很多人手腳容易冰冷，在藥方加上合比例的四逆湯就能舒緩這樣的情況、活絡氣血，在運動前喝上一匙，會讓氣血循環得更好，等於加強運動的效果。」少冬自己立刻吞了一匙。

家豪勉為其難的吃下一匙，在這個微涼的天氣和少冬一起跳下水去……

「真的很舒服耶！」家豪說才游沒多久就有一種舒暢、自由的感覺，游起泳來更順，也比較不覺得溪水寒冷。

「就是有好處才找你這個麻吉一起來啊！」少冬說家豪對他真沒有信心，要他以後別來他開的診所就醫。

「別這樣啦！我的健康以後就全靠你了！」家豪發誓說他以後少冬要他吞毒藥他也會吞下去。

「無聊，我要當醫師又不是殺人犯，為什麼會要你吞毒藥？」少冬覺得家豪吹捧人的話，簡直是到了無厘頭的地步。

「我看你學中醫學得很好，可以不要賣菜了吧！」兩人回夏家後，家豪認為少冬太認真的，假日有空的時候還要上菜市場賣菜，沒必要做到那個程度。

這個問題夏阿嬤也很在意，她實在不樂見少冬和少春都已經忙成那樣，有點空閒還種菜拿去賣。

「哥哥和我怕被金醫師開除啊！金醫師超級愛開除人的。」少春直覺是因為這樣，少冬則怕阿嬤擔心，解釋得比較好些：「中醫特考是出了名的難考，也不知道什麼時候可以考上，愈學中醫愈覺得藥補不如食補，如果能對各種食物比較瞭解的話，將來也可以發展別的。」

看著少冬這麼說，阿嬤覺得簡直是看到自己兒子的翻版，少冬講話的神情像極了爸爸。夏阿嬤以前滿腦子只想老了可以依靠兒子，沒想到現在竟然是倚靠到孫

子，想到這裡，阿嬤就忍不住掉下淚來。

看到阿嬤哭了，少冬和少春急忙安慰阿嬤：「一定會讓阿嬤過好日子，要把爸爸媽媽那一份孝心一起活出來。」

結果這麼一講，夏阿嬤哭得更難過了，不過這不是傷心的眼淚，而是感動的淚水。

少冬和少春種菜、找野菜、藥草的功力，久而久之累積起來，真的不是蓋的，應該說不是「菜」的。

有一次金醫師那裡來了一個病患，他在診所拿了科學中藥服用，病情的確穩定的好轉，精氣神也愈來愈好，可是過了一個禮拜以後，突然鼻子就過敏起來，而且頗為嚴重，打噴嚏、鼻水直流。

「為什麼會這樣？」病患非常緊張的問金醫師。

「你吃了些什麼？」金醫師很認真的問診，可是詳查了他吃的食物，發現病患還真的很守規矩，他怕被金醫師訓斥，禁忌飲食碰都不敢碰。

「還是藥下錯了？」病患提出疑問。

「不可能啊！我查過了。」金醫師對自己下藥很有自信，可是病患的現況擺明身體就是不適，卻查不出原因。

「你有做了什麼事情？」飲食沒問題，金醫師就問了許多生活上的細節，像是冷氣有沒有吹之類的，結果還是查不出所以然來。

「只有去給武術館按摩而已。」問了老半天，病患說他因為肩頸痠痛，就找了家附近的武術館按摩。

「按摩不會有影響。」金醫師肯定的說。

「你按摩之後有沒有貼藥膏貼布？」少冬突然靈機一動，因為他在菜市場賣菜，常有一些人託他上山摘野菜時代採些青草藥，用來泡茶或是做成藥膏，塗在貼布上就成了藥膏貼布。

「有哇，推拿師父按摩完都會在我肩頸交接處貼上一塊。」病患連忙說有，那種貼布都涼涼的很舒服。

「啊！那太寒了！」金醫師說那貼不得，因為他本來就是在下藥幫病患去寒氣，他在肩頸那一貼，簡直就是破功。

而那個病患聽到金醫師這麼說後，自己不信邪，就再去按摩，只是囑咐不貼藥膏貼布，果然過敏症狀就全都消除。

「這真的是太神了！」病患跑來跟金醫師說他的判斷完全正確，他真的是貼膏藥貼壞了。

「你這個小子還有點……」金醫生臉上堆滿滿意的神情，只是嘴巴上不想太稱讚少冬，不過他真的很好奇少冬怎麼會注意到這件事？

「就是在種菜、賣菜的同時，也會去研究些野菜、青草藥，發現很多拿來止痛的偏方，其實都寒到不行。」少冬說他也是無意間發現這點，要不是有顧客託他採野菜，他也不會觀察到這點。

「中醫的確是一門很需要從做中學的學問。」金醫師非常肯定少冬在日常生活中的用心。

「是金醫師非常重視去寒氣，我才會留意到這個細節。」少冬這麼說道，他發現金醫師在問診時極度在意寒氣的去除。

「這真是現代人的文明病。」金醫師說到這裡，忍不住搖頭嘆息起來，他說在大陸很冷的老家都還沒有這麼多體質寒底的病人。

「為什麼？台灣不是在亞熱帶地區。」少冬不明白的問。

「就是說啊！我以前也覺得很奇怪，後來發現台灣人的飲食、作息，就是長期累積寒氣在身上。」金醫師講到這裡就滿臉擔憂。

「怎麼累積？」少冬還是不明白。

「吃完飯後就灌一杯冰飲，滿街都是飲料店。年輕的孩子吃早餐也要灌上一杯冰奶茶，這些都是很傷的！」金醫師嘆口氣。

少冬仔細想想自己班上的同學每天吃早餐的情形，的確就是如此，金醫生一點都沒有說錯。

「睡覺開一整晚的冷氣，這也是寒氣逼身的好方法。」金醫生說現在的過敏兒這麼多，冷氣貢獻良多。

「可是我們在山上還好，都市區有些地方，晚上不開冷氣根本熱到不能睡。」少冬覺得不開冷氣實在是很難。

「不能那種開法，要睡前開一下下把熱氣抽走，睡時就不要再繼續開了。」金醫師很堅持這點，連診所內到了夏天也絕對不開冷氣，他說在冷氣間進進出出，對人體不是件好事。

「還有冰箱也是……」金醫生細數現代人生活中的「寒氣」來源。

「東西不放冰箱會壞耶！」少冬說怎麼可以沒有冰箱，那樣食物非常容易腐壞，現代人家裡絕對少不了冰箱。

「半夜餓時，就從冰箱拿出一塊蛋糕來吃，寒透了。」金醫師說到這裡也是猛搖頭。

「那要怎麼辦？」少冬心想這種事情，少春從小最愛做，她從小最常做的運動就是從冰箱拿東西出來吃。

「至少要放在常溫底下讓食物回溫後才吃。」金醫師說要養生又要滿足口腹之慾的標準程序應該是這樣才對。

「冬天光著腳丫在地板上走，寒氣就從足心的湧泉穴入腎，腎又最怕寒……」金醫師說了一大堆寒氣的來源，少冬聽得心驚膽跳的，這些都是周圍的人常做的事情。

「難怪金醫師那麼重視寒氣的排除。」少冬現在才明白，每次金醫師在問診時，為什麼老是在說寒氣、寒氣，好像別的事都沒那麼嚴重，原來光一項寒氣就可以打敗現代人。

「因為寒氣一直帶在身上又不排除的話，很容易引動許多疾病。像是異位性皮膚炎、過敏、黑眼圈等等……」金醫師說寒氣排得好，氣血健旺，人體本身就有很好的自癒能力，也不用靠醫生了。

12

粗心大意

轉眼間少冬和少春在金醫師那裡也待了五年，兩個人陸續從國中畢業，他們並沒有選擇繼續升學，反而每天在金醫師的診所花更多的時間跟診、實習。

「這樣好嗎？」夏阿嬤的中風狀況也調養得愈來愈好，說話雖然較常人慢一點，不過卻非常清楚。

「阿嬤，現在很多人就算唸到大學畢業，出來找工作拿到的薪水也跟我和少春差不多，妳不用擔心我們兩個，時代不同了，要有個一技之長比拿一張漂亮的學歷重要。」少冬這麼說道。

「家豪都去讀了高中，還要準備考大學。」阿嬤想到家豪，就覺得自己孫子走的路應該也是那樣才對。

「可是我和少春愈來愈篤定會走中醫這條路。」少冬在金醫師的診所待久了，知道自己可以透過中醫幫助病患，他感到活得很充實。

「我還在摸索啦！哥哥是很確定要當中醫師。」少春知道中醫這條路她有點興趣，可是一天到晚看到病患上門的日子，對著醫生說病痛、不舒服，她不知道自己到底能不能接受？

「有個方法可以在這個世界上發光、發熱，這樣就很棒了！」少冬對自己可以走上這條路，打從心裡覺得感激。

少冬曾經到別的中醫診所去「試探軍情」，很多大學畢業的中醫師，把起脈來都不見得有他精準；而且很多台灣有名的中醫師，幾乎都是繼承家學，少冬等於是把金醫師家祖傳的中醫術都學來，並不是很多人有這樣的機會。

「每次想到這裡，就覺得老天爺還是照顧我的。」雖然爸爸媽媽早走，少冬覺得老天爺還是賞賜他別種形式的豐富。

不過人和人相處久了，免不了會把目光放在別人的缺點，忘記當初人家對自己的好！

「哥哥，金醫師對我們真的愈來愈兇。」少春常常跟少冬這麼抱怨，她老覺得金醫師把對病患一半的客氣用在他們兩個身上就好了！

「沒辦法，誰叫我們是拿他的薪水！」少冬剛開始會勸少春往好的方面想，可是工作量愈來愈大，他也忍不住會跟著抱怨。

「哥哥，你的醫術愈來愈厲害，什麼時候才可以自己開醫院？我到你的醫院上班就好。」少春問起少冬。

「我們爸爸媽媽都走了，沒有本錢開中醫院，而且我也沒有中醫執照，沒辦法開啦！」少冬要少春別想這麼多。

「很多人的中醫院都是偷偷租中醫執照，掛牌而已。」少春說她聽人家說過，可以用這招。

少冬聽到這裡就默默無語。

這天，金醫師因為少春煎藥的時間稍微不注意，把藥材稍微多煮了一刻鐘，結果金醫師就整整罵了少春一個鐘頭。雖然少春一直向金醫師說對不起，可是金醫師還是相當嚴厲，他說藥材的煎煮本來就要小心，少春怎麼可以不在旁邊看著，跑去做自己的事情呢？

「因為少春要做的事情很多，她也不是偷懶，而是趁那個空檔去整理垃圾，等等垃圾車就要來了。」少冬替妹妹說話。

「我在教少春，你不要在那裡插嘴。」金醫師非常不客氣的對少冬說。

當天晚上回家，少冬和少春又忍不住互相吐了吐苦水，這時候家豪走進夏家的組合屋，要帶夏家兄妹去看他們家的新房子。

「你們家可以不要住組合屋了？」少冬問起家豪。

「是啊！是我爸爸媽媽想辦法蓋的，在原來的地方重新蓋起來的新房子。」家豪說爸爸本來就很會做木工，而且在九二一當時就答應家豪的媽媽，要蓋一棟比以前更漂亮的房子給她。

「我也想去看看。」阿嬤說她也想跟去，三個晚輩就攙扶著阿嬤慢慢的走到家豪的新家。

「這都是你爸爸做的？」一行人看到柯爸爸用原木搭建的小木屋建築，大家都發出驚嘆。

「這應該叫做豪宅吧！」少春看到非常羨慕，她說來柯家看過之後，就不想回去住組合屋。

「小木屋就是小木屋，哪稱得上是豪宅？」柯爸爸說少春這樣的形容詞不對，他純粹只是達成柯媽媽的願望而已。

「你柯爸爸在重建這棟房子時，問過我意思，我突然想到小時候一直很想住在小木屋，就要他幫我蓋棟木屋。」柯媽媽的臉上堆滿微笑。

「我爸說這種木屋冬暖夏涼，住起來非常舒服，也不用開冷氣。」家豪說爸爸是他心目中的英雄。

「我們的組合屋真的很熱，太陽大的時候就像在蒸籠裡一樣。」少冬搖搖頭，又不能開冷氣，除了得省電費，還會有金醫師說的寒氣的問題。

「你可以吞一杓四逆湯再吹冷氣。」連家豪都被少冬灌輸觀念，冷氣最好不要吹，不過他也想到神奇的「四逆湯」。

「我們這棟房子沒有吹冷氣的問題，天花板夠高，材質也好，夏天會非常舒適。」柯爸爸得意的講著自己的傑作。

「柯爸爸，如果要請你蓋一棟這樣的房子，需要多少錢？」少冬忍不住問，他想存錢也來蓋一棟。

柯爸爸說了一個數字，那個數字讓少冬完全打消念頭，乾脆連想都不要想好了，否則會人比人氣死人。

回到自家的組合屋，少春氣呼呼的說了：「柯家跟我們家這麼好，幫我們蓋一棟木屋還要這麼多錢。」

「成本、工資都要算啊！」少冬說柯爸爸的開價是就事論事。

「假如你爸爸、媽媽都還在就好了！他們兩個一定會想辦法讓我們住好地方。」阿嬤又說起這件事。

「我也很想念爸爸、媽媽。」少春說著。

這個時候，少冬好不容易用正念培養起來的豐富感很容易全化為烏有，他也開始在心裡怨歎，假如爸媽都在的話，或許他也不用這麼辛苦。

隔了幾天，少冬和少春在幫金醫師配藥時，那是一個病患要的科學中藥，裡面有一劑四逆湯，少春看不懂藥方寫的到底是要五克還是一點五克，就問旁邊的少冬說：「四逆湯大神，你覺得金醫師這裡開的到底是幾克？」

少冬學中醫也一段時間了，他從醫師開的藥方大概就知道他要抓的治療方向如何，由於那帖藥看起來就是要去寒氣，他就跟少春說是五克，這樣去寒氣的份量才足夠。

結果隔天，那位病患竟然回診，跟金醫師抱怨說，他吃了科學中藥粉之後，一整晚都睡不著。

「怎麼可能？」金醫師看了他手上的病歷表，他覺得自己問診的方向並沒有錯，又看看病患手上列印出來的藥單，了然於心，於是直截了當的去找了少春和少冬問到底怎麼一回事？

「我有問哥哥，哥哥說這個四逆湯應該是五克才對。」少春囁嚅的答道，是她看不清楚金醫師的字跡，才去問哥哥。

「為什麼你覺得是五克的四逆湯？」金醫師非常嚴厲的問少冬，他是如何判斷出來的？

「我看金醫師開的藥方，走的方向就是去寒氣，所以就要少春配五克。」少冬很有把握的答道。

「你真是自作聰明，我是要去寒氣沒錯，可是這個病患的心血、肝血都很虛，把四逆湯加到那麼多，就像油燈已經沒油了還要拚命燒，他的身體會負荷不了，整個會虛燥起來，導致他一整晚失眠。」金醫師非常的生氣，當場就下了決定，要開除少冬和少春。

少春完全沒辦法反駁金醫師的處分，她只是不停的哭泣，要金醫師不要開除她和哥哥。

「我們只是配錯一帖藥而已，就要我們離開？」少冬也像以往被開除的員工一樣，覺得金醫師對他和妹妹太嚴苛了。

「你們兩個好好的去反省一下，看看自己現在到底是什麼樣子？」金醫師堅持要他們兩兄妹當場離開。

當天回到家裡，少冬將這件事告訴阿嬤，阿嬤連忙說要去找金醫師求情，請他看在她這個老太婆的面子上，讓少冬和少春兩個人回去診所上班。「要不然你們兩個以後要怎麼辦？」阿嬤擔心到不行。

「算了！我們不要去求他，他一直都是這麼強勢，說了也沒用。」少冬自己也在氣頭上，非常不想找金醫師，他還下了個初步的決定，就是先賣菜穩定好收入再談其他。

第二天，少冬和少春便到菜市場去賣菜。

「你們不是只有假日才來？」其他攤販好奇的問夏家兩兄妹，他們兩個也不好說些什麼。

「哥哥，以前跟阿土叔學的豆腐、豆花和酵素，或許我也可以做來賣。」少春跟哥哥這麼說。

「也行啊！反正我們手上還有點錢，可以多嘗試，要靠自己的力量站起來才行。」少冬的個性硬，周圍不斷有人勸他去跟金醫師好好道個歉，相信金醫師一定會再度收留他們兩個。

「求人不如求己，假如我們離開金醫師就活不下去，那也是依賴金醫師而已，一點都不值得稱讚。」少冬對妹妹這麼說。

「我就跟著哥哥，兩個人一起努力。」少春這次也知道問題有點大，她也要辛苦一點才行。

夏家兄妹兩個在菜市場裡，一個賣菜和豆腐，另外一個在旁邊擺個小攤賣豆漿豆花。

「為什麼是豆漿豆花？」家豪知道少冬和少春在賣豆漿豆花和酵素時，覺得這樣的組合很奇怪。

「其實是做豆腐的過程當中，也可以順便產生豆漿和豆花，乾脆就一起賣好了。」少冬解釋給家豪聽。

「我現在才知道這是同樣一種東西。」家豪說這真是長見識。

「請你喝一碗，給我們一點意見。」少冬呈了一碗原味豆漿豆花給家豪品嚐看看。

「這完全都沒有摻合一滴水，就是單純是豆漿和豆花的組合？」家豪好奇的問少冬。

「是的，沒有加水。」少冬和少春都點點頭。

「好濃郁的香味喔！」家豪說有一股非常濃的豆子味，感覺非常香醇，跟一般賣的豆花都不一樣。

「豆腐也是。」少冬要少春切一小塊生豆腐給家豪吃，什麼都不加，就單吃豆腐嚐原味。

「也是很濃郁。」家豪非常稱讚，說少冬他們做東西是真材實料，一點都不會偷工減料。

「其實原料很便宜，加多一點真的不算什麼。」少冬說這都是同一桶煮出來的豆漿做成的豆腐和豆花。

「豆腐只是加上熟石膏做成豆腐花，但是要用重物壓著，讓豆腐結實一點，這樣才有咬勁。」少春以前實驗過很多，加上她自己又愛吃，自然會研發到好口感、好味道的食物。

「可以幫我加點冰塊嗎？」家豪說這種天氣，要加冰吃才過癮。

「我們不加冰塊。」少冬拒絕。

「不會是為了你說的那個寒氣的問題吧！」家豪說這是什麼時候了，他們是要賣豆花，怎麼可以不加冰，一聽到這樣，很多客人都不要吃了。

「你們現在是賣豆花，不是當中醫了。」家豪說做生意就要有做生意的樣子，要以客人為尊。

「我沒辦法讓客人吃到對他們有害的食物。」少冬非常堅持，他說他做不出來，如果不知道也就算了，既然知道那樣長期下去對身體不好，他實在沒有那個壞心腸做出來。

「真的要這樣做嗎？」家豪狐疑的望著少冬。

「是沒能力做到，不是不願意做。」少冬直搖頭。

家豪轉身望著少春，少春聳聳肩，她說她一向服從哥哥的意見，哥哥堅持這樣，她就照做。

「我真的是服了你們兩兄妹，跟石頭一樣硬。」家豪說不動夏家兩兄妹，只能祝他們兩個生意興隆。

剛開始的生意的確是不好……

「什麼！不能加冰？」有上門的客人說，這還是他頭一遭聽到這種事，真是有夠奇了。大部份的客人都是先楞一下，再囉唆幾句：

「喝碗豆花都那麼囉唆。」

「就是嘛！哪有人對客人要求這麼多的。」

「是為了你們的身體好……」少冬和少春把中醫裡頭寒氣對身體的影響，仔細的說給客人聽。

有的客人是當場拂袖而去，不過也有人覺得不過吃碗豆花，少冬他們還解釋這麼說，也真的是感心啦！

「那就給我一碗不加冰的豆漿豆花。」願意試試看的客人通常是認同少冬他們的理念，也覺得這攤賣菜和豆花的攤子，氣質不太一樣。

13 老中醫

「老闆，那你們能不能幫我看看，我要吃點什麼對身體比較好。」有客人開始這樣問起少冬和少春。

因為少冬和少春在賣菜和豆花時，堅持了很多中醫的原則，基本上也不鼓勵顧客吃生冷的東西，要怎麼烹調也會大概跟顧客說明，於是有些人會主動找少冬他們買菜。

「你們還有賣酵素，那我也買一瓶試試看。」酵素的定價比較高，但有老太太覺得少冬他們賣東西的感覺不錯，還會主動要買這個。

「可是我覺得妳的體質不太適合。」並不是每種食物都適合所有人，不能賣的人，夏家兄妹不會昧著良心硬要賣給人家。

也因為這樣，少冬和少春累積了一些基本的顧客，他們非常相信這兩個小兄妹的中醫底子，甚至會給一筆錢要他們全權幫忙配一個星期的菜色。

有一天，有個臉色泛紅的歐巴桑，她聽朋友的介紹，來少冬的攤子買菜。少冬看她的臉色，就要她買點降火的白蘿蔔。

結果隔天她又上門來，偷偷的跟少冬說：「不好意思，這位老闆，我吃了你說

的白蘿蔔後，就一直拉肚子。」

「拉肚子，這怎麼可能？」少冬覺得很奇怪，就順手幫歐巴桑把了個脈，他這才發現……

「原來她的臉色泛紅是因為太寒的緣故，寒到虛燥，臉色才會泛紅，我實在是太大意了。」少冬在心裡這麼想著。

「我是不是要把那個白蘿蔔丟掉？」歐巴桑問起少冬。

「不用丟掉，這樣太浪費了，妳可以用煮湯的方式煮久一點，加些肉骨熬底，煮到白蘿蔔爛透再吃。」少冬剛剛把脈，發現那位太太的肺火也很旺，她可以吃點煮爛的白蘿蔔去肺火，也是一種不錯的選擇。

「好的，我回去試試。」聽了少冬的說明之後，歐巴桑心裡也安心些，非常歡喜的回家去。

「難道金醫師要我學的就是這個？」少冬突然想到，這次的事情跟上次金醫師開的四逆湯藥方事件，兩件事有點雷同。

「是我太驕傲了嗎？」少冬反問自己，不過他旋即想到：「反正金醫師比我還驕傲，他也應該反省自己才對吧！」

可是在菜市場接觸到的客人愈多，少冬反而開始明白了金醫師的苦心……

「是我仗著自己有點中醫知識，就自以為是的下了醫療判斷，忘記一個再好的名醫也比不上仔細的醫生。」少冬在菜市場裡的「實務學習」，從病人給他的回應，他明白了這點。

「我們不能仰仗幾年的中醫知識就自信的開藥方，要非常注意病人給我們的回饋意見。」少冬一而再、再而三的從自己的顧客當中看到這點。

「哥哥，你最近常在想事情，可以跟我說是什麼嗎？我們的生意愈來愈好，你卻愈來愈若有所思。」少春問著少冬。

「我發現我錯了。」少冬說他看到這點。

「什麼錯了？我們的生意好到不行，竟然有人上門要我們幫剛懷孕的孕婦調理身體，連月子都包給我們做，只要客人介紹客人，我們一定會走出一條路來。」少春非常愛做這門生意，她好喜歡幫人調配食物，教人家怎麼飲食才會對自己的身體有益。

「我知道金醫師把我們趕出來的原因。」少冬把道理說給少春聽。

「那要怎麼辦？去跟金醫師說對不起？」少春說她還滿喜歡現在的工作，比要她去陪著看病人來得高興。

「我想再回去精進醫術。」少冬對少春說。

「可是以前我有聽過，有人問金醫師，那些被逐出診所的人要回去的話，該怎麼做？金醫師說要比照很多佛門的規矩，要在大門長跪才准回去。」少春說金醫師是個佛教徒，很多做法都自動比照佛門。

「長跪是嗎？」少冬猶豫的問了少春。

「你不會真的想回去跪吧？我可不會跟你去跪，我要待在這裡賣菜和賣豆花。」少春要少冬自己想清楚。

結果考慮了一個星期，有個禮拜一的下午，少冬把生意攤子交給少春之後，自己就到金醫師的診所去……

他在診所門口徘徊不已，實在是跪不下去，可是又不甘心回去，畢竟當醫師是他從小到大的夢想。

少冬到診所斜對面的超商買了杯飲料，坐在超商裡面望著診所，看著病患進進出出後，他問自己到底要不要回去？

結果喝完飲料之後，少冬就毫不猶豫的到診所前面，咚的一聲雙膝跪在診所門口。

「這不是以前在這裡工作的少冬嗎？」有病患認識少冬，在那裡竊竊私語的談論。

「要不要跟金醫師說？」

「讓他跪在這裡，妥當嗎？」

「好奇怪的做法。」

結果有人立刻通知金醫師出來，老醫師繃著一張臉問少冬：「知道錯在哪裡了嗎？」

「知道了。」少冬點點頭，金醫師馬上要他起來進診所。

「只要跪這樣就好？」少冬嚇了一跳，他聽少春說，要比照佛門的長跪才回得去。

「你聽誰說的？那是謠言吧！也不查證一下，人家還以為我金醫師虐待人。」金醫師苦笑著。

「那我真的可以回診所了？」少冬欣喜若狂的問道。

「你如果不相信，那就說說看你自己錯在哪裡。」金醫師問起少冬。

「我太自以為是了，很多病患的症狀，虛虛實實，要仔細、再仔細，再怎麼仔細都不為過，不可以仗著一點中醫知識就隨便下結論，這樣對病患來說太危險了。」少冬答道。

「再好的名醫也比不過仔細的醫生，我希望你真的能體會到這點。」金醫師用嚴正的口氣對少冬說。

「我的確深深的體會到了。」少冬點點頭。

「那也不枉費我把你趕出去，這個體會一定要一輩子帶在身邊。」金醫師這時候摸摸少冬的頭說。

「金醫師……」不知道為什麼，少冬突然悲從中來，他這才發現，自己早就把金醫師看做如爸爸一般，傾囊相授的爸爸。爸爸願意讓兒子回家，少冬心裡再高興不過了。

「原來金醫師是在磨練我。」少冬終於明白了這點。

這次回來之後，金醫師就加緊腳步教導少冬，也要他開始準備考試，少冬的中醫檢考一次就過，可是特考卻失敗了。

「中醫特考本來就很難考。」連金醫師都對少冬這麼說。

「我這一年會好好準備。」少冬信誓旦旦的說，一年後一定要順利將中醫特考給考過。

家豪因為大學聯考考不好，決定一個人上台北補習。

「家豪，我們都一起努力，一年後我考上中醫特考，你考上大學。」少冬跟家豪這麼說。

「我昨天還想到，當年九二一地震後要上台北姑姑家讀書，結果我爸在村子裡找到工作，我就繼續在這裡讀國中。」家豪說時間過得很快，轉眼間他竟然要考大學，還是重考到台北的補習班唸書。

「那你還是住在姑姑家嗎？」少冬問起家豪的住處。

「是啊！這樣可以省下房租。」家豪稱是。

「說捨不得你好像很噁心。」少冬笑說男人之間好像不是用愛這個字，男人和男人之間講的是義氣。

「我一直很以你這個朋友為榮。」家豪說看到少冬自從爸媽過世之後，義無反顧的挑起一個家，他想換作是他，一定做不到。

「那是沒辦法，船到橋頭自然直。」少冬說換作是家豪，在別無選擇的情況下，也會做出一樣的事。

少冬聽到家豪提及九二一地震的事，他笑了笑說：「我永遠記得當年你把小豬送給我的事情。」

「我當時一定是失心瘋了，才會這麼失常。」家豪取笑著自己，也跟少冬說，他別想自己還會再這樣做。

「我有時候真嫉妒你，嫉妒你住在好房子，嫉妒你有好個性。」少冬看到家豪開心的模樣，自己真不知道村子裡頭沒他之後會多無聊。

「你會嫉妒我嗎？可是你得到一個機會可以體驗自己的能力是這麼大，這不是一件很有成就感的事情嗎？」家豪不解的望著少冬，他說自己媽媽常講，跟少冬比起來，自己很像還是個死小孩。

「我們明年一定要考上中醫和大學。」少冬微笑要和家豪互相約定。

「一定要考上，我媽說我考不上的話，也不會再給我第二年的機會，我就要跟我爸去學做木工，但我不喜歡那個工作。」家豪覺得他不是木工的料。

「你自己在外地要保重身體。」少冬三句不離本行。

「沒關係，我把身體搞爛了，有你這個中醫師會救我，我很放心。」家豪說自從發現少冬會是個好中醫，他就不怕死了。

「身體是自己的事，不是醫生的責任。」少冬說家豪這是哪門子的觀念，太不負責任了。

「對別人是這樣沒錯，不過我知道你一定無論如何都會用力救我的！」家豪很有信心的說。

就這樣，少冬最好的朋友家豪就到台北補習去了，臨走前少冬還幫他準備了一罐天王補心丹的科學中藥，說是適合家豪的體質。

等到少冬專心準備考中醫特考之後，金醫師曾經來問過少冬：「你妹妹不打算回來診所？」

「好像暫時沒有，她不喜歡看到滿面愁容的病人。」少冬說少春的想法是這樣，她喜歡看到普通人。

「她不會是怕我罰她跪吧？」金醫師每次說到這點就覺得好笑，那不知道是哪裡開始的謬論，竟然有人當真，還真的在診所前面跪了下來。

「別人說金醫師是個佛教信仰很虔誠的人，很多做法都比照佛門。」少冬這麼答道。

「我是念佛念得很勤，可是沒打算把我這裡當成廟。」金醫師笑說少冬只有大膽假設，沒有小心求證。

金醫師還問了少冬：「聽說你的好朋友去台北補習了？」

「是啊！就是家豪。」少冬點點頭。

「你要不要也去台北補習考中醫特考？」金醫師說時代不同了，他以前隨便考都行，現在競爭的人那麼多，或許少冬也應該上台北補習才成。

「我沒錢補習，也要賺錢養家，不要做這種不實際的妄想。」少冬用力的搖搖頭。

「我先借你。」金醫師說要少冬不要擔心錢的事情，趕緊把中醫師執照考上才是。

金醫師要少冬回家考慮看看，可是阿嬤聽了之後都覺得不妥：「那怎麼好意思，讓金醫師幫你出補習費，沒做事還要付錢讓你去台北。」

「哥哥，如果你是擔心阿嬤的話，你放心，我會照顧好阿嬤的。」少春則是持不同的意見，她覺得金醫師好像很希望少冬趕緊拿到中醫師執照，讓他幫一下也不算過份。

「妳覺得金醫師急著要我拿到執照？」少冬問少春的意見。

「是很急啊！要不然他為什麼主動提及要幫你出補習費，難不成他要把醫院交給你？」少春說道。

「不可能吧！我跟他非親非故，他也有孩子，人都是有私心的，可能只是想說多個正式醫生對診所來說也比較好。」少冬想了想後說道。

「交給你經營，賺的錢給他小孩，大部分的人不是都這樣？」少春說少冬想錯了，做生意不是這種做法。

「妳現在可喜歡當生意人了！金醫生也有問到妳，還問說妳會不會回去？」少冬把這件事跟少春提及。

「真不知道金醫師腦筋裡在想什麼？」少春說金醫師的想法真是難以測度，她完全抓不到重點。

「看你們說成這樣，金醫師是我們家的恩人，你們好歹也要對人家有點感恩之心。」阿嬤板起臉開口了。

「阿嬤！我只是在跟哥哥討論而已，不是在說金醫師的壞話。」看到阿嬤的臉色，少春連忙跟阿嬤求饒。

「在菜市場做生意是沒錯，可是不能把恩人都拿來算計，這樣是不對的。」老一輩的人重情義，阿嬤也是這樣。

「好啦！我會改的。」少春主動認錯。

「要罰跪家門，上次妳害我莫名其妙罰跪，這次妳也要這樣才行。」少冬說那次真的是少春的胡言亂語，讓他丟臉丟大了。

「你這樣太算計了，阿嬤說不行。」少春現學現賣，把阿嬤那套說法搬出來。

少春經過生意的磨練之後，現在可是機靈的不得了。

14 奮發圖強

過了一年之後，家豪考上台北一間國立大學的財經管理科系，可是少冬的中醫特考還是沒過。

「你別灰心，大學這麼多，我考上是應該的，可是中醫特考是出了名的難考。」家豪這麼安慰少冬。

「可是我已經考了三次還沒考上。」少冬說難道要效法國父革命十次以後才成功嗎？

「要不要聽金醫師的話上台北補習，我們兩個可以一起去找房子租，我也比較省錢。」家豪問道。

「你唸財經管理真是唸對了。」少冬笑家豪是為了分攤房租，才會要他上台北補習。

少冬覺得家裡畢竟只有他一個男人，他上台北讓妹妹一個人照顧阿嬤，他怎麼想都不對。

「可是中醫考試制度要改變了，好像要取消中醫特考，也就是以後的中醫師都要讀中醫科系去考高考才行。」金醫師注意到這條新聞。

「我沒有打算補習。」金醫師又提到要出補習費的事情，少冬拒絕了金醫師贊助。

「要不然就是去補習考大學的中醫系。」金醫師提出另外一個辦法，大學間數多，少冬考個中醫系應該不是問題。

「其實很多中醫系畢業的醫生看病的實際經驗都沒有我豐富，我不想為了個執照反而去考大學，又花六、七年。」少冬又否絕了金醫師的提議。

「可是你要當中醫就是要有張執照，這裡的病患雖然知道你有醫術，但也都知道你是個沒有執照的密醫。」金醫師提醒著少冬。

「拿到執照、考上大學就會成為一位好中醫嗎？這個邏輯不是很荒謬？」少冬狐疑的說道。

「這是國家的規定，既然有這種規定，就要照法律走。我現在已經是個老中醫，你不要等我變成老老中醫，結果你還在考中醫執照。」金醫師對少冬這麼說，時間對他這個老中醫來說並不是友善的。

「我會加油的！」少冬還是決定考中醫特考，不過仍然婉拒了金醫師的補習費資助。

「其實你可以上台北去補習，就當跟金醫師借的，以後再還他就好。」連阿嬤都忍不住這麼對少冬說。

「阿嬤，你不瞭解你孫子嗎？我從小就不是那種可以拚命讀書的人，我是要一邊做一邊學習才學得好的學生。」少冬說他是實做派的，也是因為這樣，他才學中醫得心應手。

「哥哥，沒關係的，反正了不起你以後去跟人家租執照，我以前就跟你說過了。」少春這時候說了個餿主意。

「妳真瞧不起妳哥，好像我只能用租執照的才行。」少冬聽到少春這麼說，他說少春真的是把他看扁了。

家豪放假回家時，他看到少冬讀書的樣子，忍不住說：「你這種讀法太散漫了，需不需要人幫忙？」

「我就是很討厭為了考試而讀書，真的是很痛苦。」少冬有點欲振乏力，愈讀愈痛苦。

「你就當為你的病患而讀，你考上中醫師執照，他們才能得到你好的照顧。」家豪勸少冬。

「我現在就可以照顧他們了。」少冬潑了家豪一桶冷水，這種考試考到乏掉的心情，少冬實在很難跟別人說。

「哥，假如你讀書讀得很煩，可不可以來幫我整理房子，家裡堆的東西太多了。」組合屋小，阿嬤又捨不得丟東西，當初從倒塌的家挖出很多物品都還堆在組合屋裡，少春一直說要整理。

「我們以前的作業簿竟然還在。」少春在整理箱子時，發現有一箱裡面裝的全是少冬和少春的作業。

「還有聯絡簿。」少冬看到聯絡簿，忍不住拿起來翻，說自己小時候的字真是有夠醜的。

「這裡還有爸爸的簽名。」少春指著家長簽名欄，她和少冬都記得，爸爸即使在旅館忙得再晚，也還要少冬和少春把作業簿和家庭聯絡簿放在客廳的桌上，他都會一一檢查過、簽名好，才去休息。

「我記得爸爸在聯絡簿上都簽得很認真。」少春想起這點，因為老師還跟她說過，很少有家長這麼認真在聯絡簿上跟老師互動的。

「我記得以前聯絡簿還要寫一百字的小作文，我每次都寫得很痛苦。」少冬想起這件事。

「原來哥哥以前寫《我的志願》就說要當醫生。」少春說哥哥真有毅力，從以前到現在都沒有改變。

可是少冬以前沒注意到，今天才發現爸爸在家長欄裡面寫著：「少冬從小就很愛看人配藥，每次都看得很認真，他想當醫生，我很支持，一定會全力栽培他，這是我當爸爸該做的事，也請老師多多鼓勵少冬。」

少冬看到這段爸爸寫的短文，小時候看一點感覺都沒有，可是今天突然會有個感覺……

「一定是爸爸引導我來看到這段，他正在跟我說，他永遠支持著我。」少冬感動得不得了。

少春也同意少冬的看法：「要不然我們怎麼偏偏今天來整理，又在這麼多的箱

子裡找到聯絡簿，又找到這篇。」

「爸爸還在繼續看顧著我們。」少冬肯定的說。

「一定是你們爸爸沒錯，他從以前就是個守信用的人，他說會全力支持你當個醫生，他會信守諾言的。」阿嬤說起自己這個寶貝兒子，又忍不住紅了眼眶，但是心裡已經不再對命運有所怨歎。

從那天「隔空」和爸爸的相遇之後，少冬準備起考試也精神多了……

「不為別人，就算是為了爸爸，也要努力考上中醫特考。」少冬這麼告訴自己，他雖然沒有去補習，但是想辦法拜訪了最近幾年考上特考的中醫，向他們請教一些考試答題的技巧。

到了要上台北考試的前一天，金醫師還把少冬找來。「你明天要去考試，有件事我想跟你談談。」金醫師這麼說道。

「怎麼了？」金醫師的語氣有點奇怪，讓少冬有點擔心起來，好像又要開除他似的。

「我之前有點逼迫你趕快考上中醫師執照，這幾天想想，有點擔心成為你的壓力源，今天是想跟你說，考不考得上，我們都會有辦法處理，你就安心去考試就好。」金醫師好言的對少冬說。

「金醫師，你不用擔心我，我這次上台北考試會帶著我的吉祥物，一定會考上的。」少冬笑著說。

「吉祥物？是別人幫你求來的平安符嗎？」金醫師心想一定是金榜題名之類的符。

「不是，是一本聯絡簿。」少冬把這本父親曾經寫過的聯絡簿翻給金醫師看，說這才是他的吉祥物。

「是啊！就當是你爸爸陪著你去考試。」金醫師也是這麼鼓勵少冬，要他帶著爸爸的祝福一塊兒去考場。

「金醫師，有一件事我也想跟你說。」少冬覺得或許現在是一個好時候，他可以表達一些心裡話給金醫師。

「什麼事？」金醫師心想，這時候有什麼比考上中醫執照更重要的事？

「上次離開過一陣子，那次回來就有深刻的感覺到，我的爸爸雖然不在這個世上，可是金醫師算是我中醫上的爸爸，很想好好的跟你說聲謝謝。」少冬今天在說這個話時，一點都不覺得彆扭，反而像是把如鯁在喉的一些真心話給說了出來，內心無比舒暢。

「喔……」金醫師也沒有多說什麼，還是繼續鼓勵少冬明天就安心考試，別的事都不要多想。

雖然金醫師沒有做任何的反應，不過少冬從少春那裡知道，金醫師今天經過菜市場時，還跟少春說到，少冬現在成熟了許多。

「我們都不擅長表達自己的情感，總是拐彎抹角的說話。」少冬覺得金醫師的反應也是滿好玩的。

少冬隻身上了台北，本來家豪說要到考場陪考，可是少冬拒絕了：「你來我反而會有壓力。」

「有什麼壓力？就是去看看你，幫你搧扇子。」家豪這麼說道，他才不是那種會給人壓力的人。

結果考試那天，少冬正在做最後的衝刺時，遠遠就聽到家豪的聲音：「夏少冬在哪裡？」

「你一定要這麼吼嗎？深怕別人不知道我是夏少冬？」少冬被家豪的喊人聲給嚇到。

「你不要擔心，我不是來陪考的，送完水果給你我就馬上離開，不要有壓力。」家豪遞上一袋芭樂。

「謝謝你。」少冬還是感到很開心。

「我有一種直覺，你這次一定會考上。」家豪對少冬說。

「你什麼時候有未卜先知的能力？我當你朋友從來不知道。」少冬說家豪吹牛吹過頭了。

「反正你整個人就籠罩在一片祥光之中，這次穩中的啦！」家豪說得有點大聲，周圍的考生都轉過頭來看。

「你是要害我被人揍嗎？」少冬要家豪講話小聲點，這裡畢竟是考場，也不是山上。

「對不起，你忘記我是個土包子了嗎？」家豪說他到現在還不太習慣台北的生活，一直是個活在鄉下的土包子。

「好啦！快走、快走！我還要做最後的猜題。」少冬催促著家豪，要他別繼續待在這裡。

「少冬，其實不是只有你爸爸陪著你，你忘記以前九二一地震時，大家幾乎都擠在帳篷區，全村的人都吃住在一起，我們早就連在一起。村子裡很多老人家都在幫你祈禱，希望你能順利的考上中醫特考。」家豪說他是聽爸爸說的，有的跟祖靈求、有的跟上帝求。

「我想金醫師一定跟佛祖求。」少冬聽到這裡，他非常感動，本來他以為考試是他一個人孤單做的事情，沒想到他麻煩的人可多了，從過世的爸爸到周圍的鄰居，全都來幫忙了。

「大家其實都知道你爸媽走得早，也都很關心你，只是大家的經濟能力都不算好，而且你也都自己撐過來了，在我們村民的心中，你是那個非常爭氣的少冬，你要記得這一點。」家豪拍拍少冬的肩膀。

「柯家豪，你這個人真的很會說好話、拍馬屁，讓我感動到覺得這些話都是真的一樣。」少冬哽咽的說。

「這本來就是真的。」家豪說他想說的都說完了，現在不吵少冬，要讓考生好好猜題。

不知道為什麼，家豪走了之後，少冬怎麼讀書都讀不進去，其實爸媽走了之後，雖然他知道很多人都來幫忙，可是心裡頭還是有種孤單感，總是覺得要自己努力挑起一個家的重擔。

「原來大家都很關心我。」少冬聽到家豪這番話，他覺得自己其實一直都不孤單。

進了考場之後，少冬的心裡有種很深的平安，他知道自己不管考得好不好，周圍都有一群人很在意他、很愛他，為他的高興而高興，替他的悲傷而難過，他一直都是被注視著，不是孤單的一個人。

也或者是因為這樣，少冬覺得這次的考試頗為順心，可能他的心情平和，寫起考卷也覺得得心應手許多。

考完特考之後，少冬就覺得自己的狀況滿好的，這次應該會是自己有史以來考得最好的一次。

「這樣說，特考很有機會上囉！」少春問起少冬考試的狀況，她做出這樣的結論。

「我考得好，或許別人也都考得好。」少冬覺得這種事很難說，不過他是自覺考得很開心。

「那就等等看吧！」阿嬤說就等好消息來了。

到了放榜的那天，少冬看著榜單，腦袋一片空白，他甚至無法聚焦在中醫特考的榜單上。

「不是說手感順但不特別在意嗎？」旁邊陪他看榜單的少春看到少冬的神情，忍不住笑他。

「我的好妹妹，妳就放過我吧！」少冬要少春別笑他了。

「你到底要自己看還是我幫你看？」少春強勢的問少冬。

「妳幫我看好了，我沒有勇氣看。」少冬回答。

「你這個人也真奇怪，那種病到不成人樣的病患你都敢看，反而是只有人名的榜單你不敢看，這真是奇了。」少春邊說邊望向榜單。

「我到底有沒有考上？」少冬瞇起眼睛，無辜的拜託少春。

少春沉默了許久後說：「夏醫師，你以後可要對我好一點，千萬不准像金醫師對我那樣的兇！」

少冬真的通過了中醫特考，成為一位名符其實名副其實的中醫師了。

15 活著真好

在少冬考上中醫特考，成為一位年輕的中醫師之後，有天，金醫師約少冬在外面一家餐廳碰面。

「金醫師，有什麼事情在醫院裡跟我說就好，為什麼要特別約在外面的餐廳呢？」少冬不明白的問金醫師。

「有點事情想跟你談，不希望外人聽到。」金醫師一臉嚴肅的對少冬說，還特別提醒他不要跟少春說這件事。

少冬覺得很奇怪，心想竟然連少春都不准說，金醫師到底有什麼要緊的事，這麼神祕？

到了那天，說是約在餐廳，金醫師和少冬也沒有用餐，兩人只是點杯飲料，金醫師就拿出個牛皮紙袋遞給少冬。

「嗯？」少冬感到有點害怕起來，他心想，該不會自己考上中醫師，金醫師就要自己走路吧？

「那是給你的！」金醫師要少冬打開來看。

「診所的所有權狀！」看到牛皮紙袋裡的東西，少冬驚訝的叫出來，餐廳裡的人也紛紛把目光轉過來。

「正式交給你了。」金醫師露出如釋重擔的笑容。

「這份禮物太貴重了，我不能收。」少冬連忙要還給金醫師，他想金醫師要把所有權狀給人，也應該送給他自己的孩子。

「我不是送禮，是還人情。」金醫師這麼說道。

「是我欠金醫師人情，金醫師沒有欠我。」少冬覺得金醫師這番話真是徹徹底底說反了。

「我年紀這麼大了，又有自己的宗教信仰，一直很想去東南亞的彌陀村唸佛到人生的終點，現在該是我交棒的時候了。」金醫師對少冬說明自己的心意。少冬雖然很早就知道金醫師有他自己的宗教信仰，不過金醫師不是那種會強迫別人跟自己信仰一樣的人，少冬也不是很瞭解金醫師到底信仰得有多深。

「很多病患認得還是金醫師，大家也只覺得我是個初出茅廬的小子，其實上診所的人找的都是金醫師。」少冬說的是實話。

「這也是我害怕的，如果我一直待在這裡，反而影響你獨當一面的機會。」金醫師想得滿遠的。

「如果金醫師堅持要去彌陀村，我可以幫金醫師管理這間診所，也不用把診所全都給我。」少冬心想這才是合情合理的做法。

「當初找你來診所幫忙時，你一直問我原因，我說是因為你和妹妹都是受教的人，其實這間診所的背後還有一個故事，我是想等到交給你時再說給你聽。」金醫師這才說起這個故事。

原來金醫師當初逃難時，一路上父母沿途過世，到了台灣只剩下他帶著祖母和妹妹。

「我那時候也差不多是跟你一樣，是個國一學生的年紀，只是戰亂讓我根本沒機會上學。」金醫生說，的確因為如此，看到少冬就有點像是看到自己當年的模樣，多了幾分親切。

「一直沒有當中醫生是因為我需要一份很穩定的薪水養家，即便把中醫師執照考上，也是一直晾在那邊。」金醫師淡淡的笑說。

「大家都說金醫師是醫好了自己公司的總經理，結果聲名大噪，不斷有病人上門求診，只好開門懸壺濟世？」少冬也一直想問金醫師這件事，只是作為老師的金醫師很嚴肅，他也怕問。

「大致上沒錯，不過真正的原因還是我的妹妹。」金醫師說妹妹從小和他相依為命，即使各自結婚之後兩家人還是住很近，妹妹在金醫師退休前沒多久也罹癌，然而金醫師再神，也救不及癌症末期的妹妹。

「可以救得了別人，卻救不了自己的妹妹，這讓我有很深的無力感和罪惡感。」金醫師苦笑著說。

「醫者常有這樣的情況，金醫師不要放在心上。」少冬覺得金醫師這種喟嘆，很多醫師都遇過，人生不就是如此？

「妹妹臨終前把她的錢都給了我，交代要開間中醫診所，金家是個仁醫之家，妹妹希望我可以把這個傳統傳下去，即使不傳給自己的子孫，幫助扶持個可造之才也不枉費我們兩個生長在個醫家。」金醫師說，他當時也感受到，妹妹的狀況如果早點診斷出，或許還有救的機會，他因為自己貪顧那份穩定的薪水，不願意接續傳統，或許也是害了妹妹。

這樣。

「金醫師才開了這間診所？」少冬問金醫生，他老人家也點了點頭，說的確是

「我把這間診所交給你，也希望將來你不要貪心，把這間診所傳給你覺得好的中醫人才，也不枉費我和妹妹的一片心意。」金醫師再三交代少冬，因為他真的打算去東南亞的彌陀村後，再也不回來這裡了。

「我會的，這是金醫師和您妹妹的囑咐，我會把它傳下去的。」少冬把這份牛皮紙袋收了下來，突然肩上感覺承擔了一份重責大任。

金醫師是個瀟灑的人，辦完該辦的手續之後，某天一聲不響的就雲遊去了，連個聯絡方式都不留。

「這份所有權狀的房地產，其實總共有兩間房舍，在中醫診所旁邊一直沒開門的房子也是我們的。」少冬在整理診所物產時，頓時發現這點，他也不明白金醫師為何不做利用。

「可能是年紀大了，很多事想做但心有餘而力不足。」少春這麼說道，她說光是一個中醫診所就夠金醫師忙的，哪還有心力去管隔壁的空屋呢？

少冬心裡則是有個想法……

幾個月之後，挑了個好日子，剛好是個假日，少冬將中醫診所重新裝潢之後，打算重新開幕，這天連在台北讀書的家豪都回來慶賀。

「少冬，恭喜、恭喜，你的診所重新開幕！」家豪一直很替他這位老同學高興，也不忘提醒他，以前曾經說過，要讓他在櫃台負責收錢！

「不行、不行！家豪太愛錢了，我怕錢都收到你的口袋裡！」少冬取笑著家豪，不過家豪正在讀財經管理科系，少冬希望有機會，家豪能幫忙他將診所的財務好好規劃一下。

「而且要幫忙收錢，可能要到隔壁少春的店比較適合，他那裡缺人缺得多。」少冬笑著要家豪去跑堂。

「少春在隔壁開店，開什麼店？」家豪和村子裡的鄰居都只知道少冬的診所重新開張，可是不知道少春在隔壁還要開間新的店。

「是藥膳調理飲食的店。」少冬這麼說道。

「少春真的開了這樣一間店？」家豪覺得這招很妙，少春的確適合弄吃的，只怕店還沒開，她自己就先吃掉一大半。

「現在好多了，畢竟女生長大會愛漂亮，不敢再吃那麼多。」少冬笑說少春現在的食量大概只有小時候的一半。

這時候少春推著輪椅，帶阿嬤來新開張的診所……

「阿嬤，恭喜、恭喜。」

「夏阿嬤真是好福氣，孫子、孫女都這麼能幹。」

「我要是有夏阿嬤一半的福氣，我就高興得不得了。」

已經在診所的病患們都紛紛向夏阿嬤恭喜，阿嬤也笑得闔不攏嘴，全身穿得一身艷紅，喜氣得不得了。

「大家小心一點喔！要放鞭炮了！」家豪準備了一長串的鞭炮，正打算點燃，要少春把阿嬤的輪椅推遠一點。

在鞭炮聲中，原本不知道中醫診所重新開張的人都圍了過來，診所和隔壁的藥膳店門檻差點被踏扁。

「少春在隔壁開一家藥膳店，不是在搶自己哥哥的生意？」家豪突然想起這個重要的問題。

「希望她能搶盡量搶，診所的病人全都沒了我最開心，表示病人都好了！」少冬笑說。

這時候家豪哪壺不開提哪壺，他突然想到以前九二一地震剛過，同時喪失兒子、媳婦的夏阿嬤老是嚷著要自殺，說這樣不會拖累自己的孫子、孫女……

「還好沒有……」夏阿嬤中風復健得不錯，但是說話的速度還是不若平常人那麼快，她話還沒有說完，只是帶著微笑在心裡想著：「還好沒有真的離開，要不然就沒有機會看到孫子、孫女的成就。」

即便夏阿嬤的嘴巴沒有把這些話說出來，可是夏家兄妹的親友們都知道夏阿嬤要說什麼，她一定是想：「活著真好！」而這也是一起胼手胝足走過地震重建的村民們，大家共同的想法！

勵志學堂系列：27

震不碎的愛

作　　者◇陳秋鴻
出 版 者◇培育文化事業有限公司
執行編輯◇王文馨
美術編輯◇彭意筑
社　　址◇22103 新北市汐止區大同路三段一百九十四號九樓之一
TEL （〇二）八六四七—三六六三
FAX （〇二）八六四七—三六六〇
總 經 銷◇永續圖書有限公司
劃撥帳號◇18669219
地　　址◇22103 新北市汐止區大同路三段一百九十四號九樓之一
TEL （〇二）八六四七—三六六三
FAX （〇二）八六四七—三六六〇
E-mail yungjiuh@ms45.hinet.net
網　址 www.foreverbooks.com.tw
CVS代理◇美璟文化有限公司
TEL （〇二）二七二三—九九六八
FAX （〇二）二七二三—九六六八
法律顧問◇方圓法律事務所　涂成樞律師
出 版 日◇二〇一二年六月

國家圖書館出版品預行編目資料

震不碎的愛 / 陳秋鴻著. -- 初版.
-- 新北市 : 培育文化, 民101.06
面 ;　公分. -- (勵志學堂 ; 27)
ISBN 978-986-6439-79-7(平裝)
859.6　　　　101006421

培育文化讀者回函卡

謝謝您購買這本書。

為加強對讀者的服務，請您詳細填寫本卡，寄回培育文化；並請務必留下您的E-mail帳號，我們會主動將最近"好康"的促銷活動告訴您，保證值回票價。

書　　名：震不碎的愛

購買書店：＿＿＿＿市／縣＿＿＿＿＿＿書店

姓　　名：＿＿＿＿＿＿＿＿ 生　　日：＿＿年＿＿月＿＿日

身分證字號：

電　　話：(私)＿＿＿＿＿(公)＿＿＿＿＿(手機)＿＿＿＿＿

地　　址：□□□-□□

　　　　：＿＿＿＿＿＿＿＿＿＿＿＿＿＿

E-mail：＿＿＿＿＿＿＿＿＿＿＿＿＿＿

年　　齡：□20歲以下　□21歲～30歲　□31歲～40歲
　　　　　□41歲～50歲　□51歲以上

性　　別：□男　□女　婚姻：□單身 □已婚

職　　業：□學生　□大眾傳播　□自由業　□資訊業
　　　　　□金融業　□銷售業　□服務業　□教職
　　　　　□軍警　□製造業　□公職　□其他＿＿＿＿

教育程度：□高中以下(含高中)　□大專　□研究所以上

職位別：□負責人　□高階主管　□中級主管
　　　　□一般職員　□專業人員

職務別：□管理　□行銷　□創意　□人事、行政
　　　　□財務　□法務　□生產　□工程　□其他＿＿＿＿

您從何得知本書消息？

□逛書店　□報紙廣告　□親友介紹
□出版書訊　□廣告信函　□廣播節目
□電視節目　□銷售人員推薦
□其他＿＿＿＿＿＿＿＿

您通常以何種方式購書？

□逛書店　□劃撥郵購　□電話訂購　□傳真　□信用卡
□團體訂購　□網路書店　□其他

看完本書後，您喜歡本書的理由？

□內容符合期待　□文筆流暢　□具實用性　□插圖生動
□版面、字體安排適當　□內容充實
□其他＿＿＿＿＿＿＿＿

看完本書後，您不喜歡本書的理由？

□內容不符合期待　□文筆欠佳　□內容平平
□版面、圖片、字體不適合閱讀　□觀念保守
□其他

您的建議：＿＿＿＿＿＿＿＿＿＿＿＿＿＿

＿＿＿＿＿＿＿＿＿＿＿＿＿＿＿＿＿＿＿

剪下後請寄回「22103新北市汐止區大同路3段194號9樓之1培育文化收」

請用膠帶黏貼

廣 告 回 信
基隆郵局登記證
基隆廣字第200132號

221-03

新北市汐止區大同路三段194號9樓之1

培育文化事業有限公司

編輯部　收

請沿此虛線對折免貼郵票，以膠帶黏貼後寄回，謝謝！

為你開啟知識之殿堂